AS CRÔNICAS DE OLIVER

BRUNO DI OLIVEIRA

AS CRÔNICAS DE OLIVER

O segredo da pirâmide de El Dorado

Copyright © Bruno di Oliveira, 2017
Copyright © Editora Planeta do Brasil, 2017
Todos os direitos reservados.

Preparação: Leandro Quintanilha e Fernanda Pantoja
Revisão: Renata Lopes Del Nero e Olívia Tavares
Diagramação: 2 estúdio gráfico
Capa: departamento de criação da Editora Planeta
Ilustração de capa: Ursula "SulaMoon" Dorada
Imagens do miolo: Vector Tradition SM/Shutterstock

CIP-BRASIL. CATALOGAÇÃO NA PUBLICAÇÃO
SINDICATO NACIONAL DOS EDITORES DE LIVROS, RJ

O45c

Oliveira, Bruno Di
As crônicas de Oliver / Bruno di Oliveira. - 1. ed. - São Paulo: Planeta, 2017.

ISBN: 978-85-422-1206-8

1. Ficção infantojuvenil brasileira. I. Título.

17-45308 CDD: 028.5
CDU: 087.5

2017
Todos os direitos desta edição reservados à
EDITORA PLANETA DO BRASIL LTDA.
Rua Padre João Manuel, 100 – 21º andar
Ed. Horsa II – Cerqueira César
01411-000 – São Paulo-SP
www.planetadelivros.com.br
atendimento@editoraplaneta.com.br

Antes fosse uma tempestade,
com trovões e chuva forte, mas não.
É só um dia cinzento.
Aliás, são todos os dias cinzentos:
sete segundas-feiras por semana.

Eduardo Lopes

1

A trovoada que estremeceu a cidade não só levou a minha grande ideia embora, mas trouxe também uma notícia que viraria a minha vida de cabeça pra baixo.

Eu já estava há horas no meu quarto, de frente pra câmera do celular, tentando em vão encontrar uma fórmula original pra um novo canal no YouTube, o que havia meses queria muito fazer. Estava de férias e passava boa parte do tempo jogando video game ou zanzando pela infinidade de canais em que havia me inscrito. Tinha de tudo: cinema, comédia, música, games, mil coisas, um melhor que o outro, e de todo canto do mundo. Meus olhos brilhavam com tanta coisa criativa e diferente, e acho que minha mãe não se preocupava muito com o fato de eu não tirá-los da tela. Naquele período ela mal parava em casa – então, não fazia diferença. Chovia direto havia dois dias, o que me dava mais uma desculpa pra ficar trancafiado no apartamento. Pela janela do décimo segundo andar, via uma cidade cinzenta e frenética.

Tentei várias vezes, mas não era fácil encontrar uma frase bacana pra começar o primeiro vídeo. Os canais mais interessantes sempre têm "assinaturas", as marcas registradas, frases que fisgam a gente desde os primeiros segundos, mas a verdade é que eu não tinha ideia do que fazer, e isso me frustrava bastante. Dentro de mim, sentia que havia um caminho a seguir, um canal que tinha tudo a ver comigo, com meus gostos e meu estilo de vida. Nasci numa geração em que a internet parece existir desde sempre – não conheço nem imagino o mundo sem ela.

Há duas semanas estava empacado na introdução. Já era madrugada e o temporal caía forte lá fora; a ventania balançava janelas abertas e antenas no alto dos prédios. Do meu quarto dava pra ver tudo, o horizonte iluminado pelos pontinhos de luz em cada apartamento, tentando sobreviver em meio ao negrume da noite. É fascinante, se você parar pra pensar: metade do planeta de costas pro Sol, virada para o infinito vazio do espaço sem absolutamente nada por sabe-se lá que distância.

O som das chaves balançando e da porta batendo me dizia que minha mãe tinha chegado. Eu a vi passar apressada pelo corredor. Ela disse um "oi" rápido, e seguiu pro quarto, ensopada de chuva. Deixei a porta entreaberta e voltei pras minhas tentativas vãs. Encarava a tela em branco e não sabia o que escrever. Às vezes, até parecia ter as ideias, mas na hora de colocá-las em ordem, simplesmente não conseguia. Acho que sou ansioso demais. Tinha sete abas abertas no navegador, cada uma com um assunto diferente. Algumas estavam abertas havia horas, enquanto lia outras páginas, link após link, vídeo após vídeo. Sem contar meu desktop, que estava uma zona – assim como o meu quarto naquele momento, revirado de cabeça pra baixo. Quem sabe uma faxina ajudaria um pouco? Talvez depois. No fim, a mente acabava pegando um pouco dessas características da internet: mil pensamentos, uma coisa puxando a outra e, quando me dava conta, uma grande ideia surgia lá do fundo e meu corpo começava a se sentir diferente. Era algo que crescia, que se multiplicava.

Mas naquele instante, quando o conceito do meu canal finalmente parecia prestes a se formar, se completar e a nascer... ouvi um estrondo apocalíptico. Era como se a minha alma tivesse saltado do corpo de tanto desespero. Soltei um grito que, se não tivesse ouvido minha mãe, os vizinhos e seus cachorros fazendo o mesmo, teria me enterrado de vergonha. Assistia àquela cena como se estivesse no cinema: o relâmpago majestoso e prateado cortava o céu da cidade, seguido de imediato por um trovão ensurdecedor, deixando tudo num breu absoluto por dois segundos, breves e ao mesmo tempo intermináveis. Tremi. Foi bem aterrorizante ver os prédios se apagando, um após o outro, como se uma explosão horrenda os desintegrasse diante dos meus olhos. Parecia a bomba de Hiroshima no momento de ruptura, que se expandia e varria tudo ao redor, sem se importar com as vidas que destruía, transformando tudo em pó, escombros e esquecimento. Porém, uma vez passada a luz cortante e o som monstruoso, percebi que estava vivinho da silva. Em parte aliviado, mas, ao mesmo tempo, pesaroso pelas vidas repentinamente ceifadas na Segunda Guerra Mundial.

— Tá tudo bem aí, Oliver? — perguntou minha mãe, com aquela voz de quem viu um daqueles palhaços assustadores da internet.

— Tá. Tá, sim, mãe! — respondi, no modo automático, claro.

Bem quando me dava conta de que tinha esquecido completamente a ideia que tanto buscava, um telefonema trouxe a notícia do falecimento do meu avô. Acho que a ficha caiu no exato momento em que o sinal da internet foi para o espaço.

Já havia horas que eu estava no banco de passageiro do carro da minha mãe, meio tonto com tanta curva, semáforo e buzina. Ao menos tinha o celular comigo, a câmera na mochila e um plano de 3G que, até então, dava para o gasto. "Cobertura ilimitada em todo o país", dizia a propaganda da TV, que também passava antes de cada filme nos cinemas e de absolutamente todo vídeo a que eu assistia no YouTube. Mas não tardou pra que eu descobrisse que era só a gente se distanciar um pouco da cidade pra que o sinal fosse pro beleléu. Não dava pra assistir aos vídeos mais recentes do dia nem com a qualidade mais baixa. E agora? Teria de inventar outra coisa pra fazer, qualquer coisa, porque a viagem até a fazenda do vô estava só no começo e eu já me revirava no assento. Em circunstâncias normais, ir de carro até o interior do Maranhão já não é pra qualquer um. Pra um funeral então...

— Mãe, falta muito? — perguntei, já sabendo a resposta.

Ela não estava num bom dia, o que era compreensível e, pra completar, o trânsito na estrada era assustador. Percebi que suas olheiras estavam mais profundas, arroxeadas e cinzentas como as nuvens que insistiam em permanecer no céu.

Ainda não entendia muito bem sobre nuvens e tempestades. Na verdade, era justamente o tema do vídeo ao qual eu assistia no celular quando perdi a conexão, o que foi um saco, porque me dá agonia não saber das coisas. Ou pior: saber pela metade. Desde a noite anterior eu me perguntava: como será dentro de um raio? O que acontece dentro dele em sua brevíssima existência? Eu até perguntaria pra minha mãe, que sempre tem resposta pra tudo, mas naquele momento ela parecia mais preocupada em buzinar para o carro da frente. Ela estava nervosa já fazia algum tempo, antes mesmo da notícia sobre a morte do vô. Perguntei algumas vezes o que era, mas ela sempre desconversava, com a testa franzida, a respiração irregular.

Era duro ter só dezesseis anos. Ou melhor, quinze anos e meio. Às vezes, eu gostaria de já ter dezoito. Quando eu tiver dezoito, tudo será diferente, e poderei decidir não fazer viagens de última hora. Mas daquela não havia como escapar, por mais que não tivesse muito contato com o vô Manoel.

— Foi fulminante? — perguntou minha mãe na noite anterior, meio atordoada. — Ataque cardíaco?

Como assim "circunstâncias incertas"? Pelo visto, ela não acreditava nisso.

— E a dona Isabel, como está? — ouvi por último, antes de voltar pra cama e fingir que dormia. Tentava assimilar a notícia, sem saber ao certo como me sentir.

Fechava os olhos e o sorriso dele aparecia na minha mente, por mais que eu tentasse fugir da lembrança. Era nítido e confuso ao mesmo tempo. O que eu podia fazer numa hora dessas? Chorar, aceitar, me arrepender de não ter passado tanto tempo com ele como poderia? Eu era só um garoto, dependente dos pais – na verdade, apenas da minha mãe. Não queria sentir culpa. Queria era dormir um monte, jogar a tarde toda, encontrar meus amigos e não fazer nada. Por que não o visitei mais vezes quando estava vivo? Como seria a vida daqui pra frente? Logo depois da ligação, minha mãe decidiu arrumar as coisas pra pegar a estrada. De alguma forma, eu a convenci de que era melhor esperarmos até de manhã pra sairmos porque não adiantava nada nos apressarmos em plena madrugada. Ela até conseguiu dormir um pouco. Eu não, passei a noite jogando on-line com uma galera. Foi divertido. O Léo e o Gui não se conformavam com as minhas vitórias. Levei todas, mas confesso que isso só aconteceu porque a Sanny estava sem computador – a máquina dela estava na assistência fazia duas semanas. A Sanny é imbatível. Ao amanhecer, minha mãe acordou chorando. Senti um arrepio na espinha, desses que a gente não sabe bem como acontece, mas quando vê já percorreu o corpo todo. Um baita embrulho no estômago, uma tontura, sei lá. Talvez a maratona na frente do monitor tenha contribuído pra que eu me sentisse assim. Quase fiquei mal por ter jogado. Era esquisito me lembrar da morte do vô o tempo todo, encarar aquela nova realidade. Fazia anos que não os visitava – ele e a minha vó – e tinha apenas lembranças difusas deles e da fazenda: o arroz de cuxá, a tapioca com farinha, o bolo, o suco de manga, o som da madrugada e os mosquitos que nela me infernizavam.

Na estrada, nem música tínhamos pra passar o tempo; o clima estava esquisito e havia um silêncio desencaixado, quebrado pelo som de alguns caminhoneiros apressados que faziam ultrapassagens sem nem se importar com quem vinha no sentido contrário. No caso, nós. Tentava pensar em alguma coisa pra acalmar minha mãe, mas já fazia alguns meses que ela chegava tarde em casa e eu estava meio magoado. Além de não almoçarmos mais juntos, raramente tínhamos refeições decentes à noite também. Quase não me lembrava mais dos pratões de batata frita com bife acebolado, das pizzas de calabresa ou das lasanhas de quatro queijos, cheias de texturas e bordinhas queimadas, que faziam a minha alegria antes de dormir. Naquela fase, era só um punhadinho de arroz com feijão e farinha, o que é uma delícia também, mas pra um gordinho como eu soava quase como jejum, uma tortura. Sem falar que, do nada, a velocidade da internet lá em casa tinha caído pela metade – antes de cair pra metade da metade. E ainda tive de mudar de colégio bem no meio do ano, bagunçando completamente os treinos do meu time de LOL. Parecia ser pessoal, mas, sempre que perguntava se tinha alguma coisa acontecendo, ela mudava de assunto. Às vezes eu me sentia esquecido.

— Quantos anos o vô tinha, mãe?

Eu me sentia meio mal por não saber, mas, naquele momento, decidi pensar que o que importava de verdade era estarmos lá, existindo juntos, vivendo juntos (apesar de isso não ocorrer muito naquela fase), dividindo um momento que jamais se repetiria, por mais que o imitássemos em seus mínimos detalhes. Se tivesse com internet ali, talvez matasse o tempo e não me sentisse culpado ou pensando besteiras. Só de imaginar a quantidade de coisas acontecendo na internet agora e eu sem conexão... Voltei a pensar sobre o vô e o tempo.

Como será que o tempo passou para o vô Manoel?

— Ia fazer oitenta — disse minha mãe.

Oitenta. Nossa. Como pode ser tanto e tão pouco ao mesmo tempo? Ruminei um pensamento por um instante sem ter certeza de que deveria transformá-lo em pergunta.

— E o pai?

Ela franziu a testa, soltando uma respiração cansada. Não me recordo do meu pai. Aliás, até lembro um pouco, mas é uma lembrança de anos e anos atrás, de quando eu tinha cinco ou seis, não tenho certeza. Olhando pra trás, parece que nunca fiz parte da minha família paterna. Por que a ausência dele me doía então? Apesar de carregar seu nome, Oliver, e seus genes, não havia laço afetivo – ou pelo menos eu me obrigava a acreditar nisso. Na prática, a vida seguia do jeito como sempre foi, mas por vezes me flagrei idealizando uma vida de filme americano, com uma família paralela na qual levávamos o cachorro ao parque nos fins de semana e assistíamos à Netflix juntos, enquanto a neve lá fora fazia da janela da casa um segundo espetáculo para se acompanhar. Pai e mãe apaixonados, a família perfeita num domingo perfeito. Mas a ausência sempre foi mais forte, suprimindo as fantasias, transformando tudo em realidades impossíveis, um passado que nunca foi, um presente que não conseguia ser, um futuro que dificilmente seria. Aqui nem neve cai. Eu estava confuso, alternava entre amar e odiar. Era como bater o dedinho do pé com força em uma quina pontuda: na hora da dor, mil delírios vêm à superfície, acessamos lugares da mente que jamais pensaríamos em outras ocasiões, sentimos a dor em sua potência máxima, pulsante e visceral, mas, tão logo a dor cessa, a razão volta a imperar. A verdade era que meu pai nunca deu a mínima para mim e minha mãe. Ela estava certa de se incomodar com qualquer menção a ele. Egoísta como era, aposto que sequer se importou com o falecimento do próprio pai. Não fossem as poucas memórias calorosas que tenho do vô, faria de tudo pra não ir ao funeral. Mas havia algo no meu pai que me fascinava, alguma coisa justamente em sua ausência, um quê de Senhor Sombra, que parece estar sem estar, que é oculto nas entrelinhas, observando em silêncio tudo que acontece.

Que vontade de gritar que me dava.

— Você sabe que eu não sei dele — respondeu ela, o olhar compenetrado na estrada, mas com o canto do olho tremulando discretamente, quase um tique nervoso. — Não o vejo desde... — continuou, parando logo em seguida.

Mas eu tinha uma vaga lembrança. Foi uma visita breve, tão breve que nem sequer me recordo de seu rosto. Nos meus pensamentos, os detalhes nunca são os mesmos. Devo ter uma criatividade infinita para narizes e orelhas. Lembro-me apenas de sua magreza esquisita, do cabelo desgrenhado e dos modos inquietos; parecia estar num caminho ainda incompleto, em uma parada apressada e quase acidental. Ainda assim, os olhos dele se faziam presentes, como se guardassem aquele momento, pois ele sabia que poderia não se repetir tão cedo. Ou talvez eu estivesse apenas criando essa hipótese dentro de mim, pra variar. É muito estranho sentir afeto e desafeto ao mesmo tempo. Ainda bem que ele foi embora. *Que pena que não ficou.* Eu me lembro da minha mãe ali, recostada na porta, de braços cruzados, observando pai e filho em um momento raro – e, provavelmente, ela também estava em um labirinto de sentimentos e incertezas, bagunçada mais uma vez pela aparição relâmpago daquele homem.

— Vocês nunca pensaram em voltar? — Minha voz até saiu fraca.

Consegui ouvir a respiração profunda da minha mãe.

— Às vezes a vida coloca as pessoas em caminhos distintos — respondeu, meio vaga. — Nem sempre as coisas ocorrem como o esperado.

— Talvez devêssemos procurá-lo, mãe. Sei lá.

— Seria ótimo. É saudável que pai e filho estejam juntos.

— Mas e vocês dois? — insisti.

— O que tivemos ficou no passado, Júnior. O agora é outra vida. Não me faça repetir isso.

Bufei com a resposta desanimadora.

— Quem sabe assim você fosse menos mal-humorada.

Foi o bastante. Depois de dar uma olhada pelo retrovisor, minha mãe parou o carro no acostamento em um movimento brusco, o que inclusive me assustou. Ela se virou pra mim já com o dedo em riste:

— Foi assim que eu te eduquei, menino? — disse, num tom firme.

— Não — respondi. — Nem você nem o pai, pelo jeito.

— Não confunda as coisas, Júnior! Eu me mato pra colocar comida na sua boca e pra pagar a sua internet...

Ela parou de falar por um momento. Então inspirou, puxando todo o ar do carro antes de continuar.

— Olha, filho, não tá fácil! Mil problemas na cabeça, mil coisas acontecendo e você me vem com essa logo agora?

Ela respirou novamente e percebeu meu espanto com aquela reação.

— Pensa no teu avô, garoto! Se o teu avô te ouvisse agora, ficaria decepcionado.

Isso foi tenso. E olha que ainda faltavam várias horas de viagem – que, depois dessa, pareceriam dias.

Despertei de um cochilo com um plim bem baixinho vindo do celular. Passávamos pela praça de uma cidadezinha pacata, com crianças correndo umas atrás das outras, puxando umas cordas amarradas em latas. Eu me apressei para encontrar o celular no meio da bagunça que estava o carro, cheio de tralhas, bolsas e roupas desorganizadas, amontoadas em cima da hora pra viagem. Finalmente, uma alegria, um sinal recuperado, uma chance de mergulhar de novo no meu mundo preferido, em que os problemas dos outros eram só deles mesmos e a bagunça dos adultos não me afetava.

"Cadê tu, rapá?", dizia a mensagem no WhatsApp. "A Sanny arrumou o PC e estamos levando uma surra aqui. Vem logo!" O Léo devia estar arrancando os cabelos de desespero. Ri por dentro, enquanto já sentia saudades do meu computador – sábado era dia de acordar cedo e não desgrudar do monitor. Bem, ao menos se não tivesse virado a noite fazendo exatamente isso. "Ih, mano, vão ter que aprender a vencer sem mim", respondi, mas o reloginho no canto da frase me dizia que a mensagem não seria enviada tão cedo. Deduzi que o sinal de internet tinha durado só o trechinho da cidade. Quando tirei os olhos da tela, estávamos na estrada mais uma vez. Passamos por uma daquelas cidades onde a placa de "Seja bem-vindo!" é rapidamente seguida pela de "Obrigado pela visita!". Mas, tão logo seguimos, o celular ressuscitou e vibrou nas minhas mãos – desta vez, era um vídeo novo do Coisa de Nerd, meu canal favorito. Isso me fez soltar um grito esquisito de empolgação, assustando minha mãe. Acho que estou assistindo muito ao canal do Cellbit.

— O que foi dessa vez, Oliver? — perguntou ela, preocupada.

— Saiu um vídeo do Leon, parece que ele completou a Pokedex dele!

Pela cara, eu sabia que ela não tinha entendido nada. Conflito de gerações.

— Sou da época do Super Mario. Ainda existe?

— Como assim? É claro que existe, cada vez melhor! Se quiser me dar de Natal...

— Eu jogava quando era jovem...

— Você é jovem, mãe.

Ufa. Acho que me redimi (um pouco) naquele momento. Saiu tão naturalmente que eu mesmo me surpreendi. Mas nada de o vídeo carregar. Decidi deixar pra depois, pra não gastar meus dados – e a minha paciência – à toa.

Já anoitecia e as nuvens que nunca haviam nos deixado nos ameaçavam com um aguaceiro.

"Olá, colegas e amigos! Bem-vindos ao... ao...", gaguejei diante da câmera do celular, tentando me filmar no carro em movimento.

"Olá, seguidores! Este é o Fantástico Mundo de Oliver... Não... Saudações, oliveiros..."

— *Oliveiros?!*

O tom de deboche dela me fez desistir desse também.

Expliquei pra minha mãe sobre o canal do YouTube que eu queria fazer, sobre as minhas tentativas e sobre a ideia "genial e única" que havia sido perdida para sempre no dia anterior (bem, pelo menos eu gostava de acreditar nisso). Mostrei a ela a quantidade de canais que eu seguia, e ela também me falou de alguns a que assistia de vez em quando.

A internet é pra todos, afinal. Pra mim, isso era e ainda é a coisa mais incrível do planeta. Tenho plena certeza de que, se alienígenas nos visitassem hoje – sim, hoje –, ficariam abismados com a nossa capacidade inventiva (mesmo considerando seres intergalácticos avançados tecnologicamente, a ponto de viajar na velocidade da luz). Conectar a Terra inteira – essa bola flutuante gigantesca – em um mundo paralelo-mas-ao-mesmo--tempo-nosso é indescritível, coisa de ficção científica de primeira acontecendo diante dos nossos olhos.

— Mas você não tem ideia do que vai falar no canal, é isso? — perguntou minha mãe, certeira.

É, eu me fazia essa pergunta. Existia tanta coisa mundo afora... Será que eu precisava mesmo escolher algo específico? Voltava, então, às mesmas questões que me perseguiam há tempos e pras quais eu tentava fechar os olhos, como se pudessem se resolver sozinhas.

— Pensei em falar sobre o que der na telha, mãe...

Tentei soar mais seguro do que realmente estava. Mas notei uma certa discordância no semblante dela, um "biquinho" de estranhamento.

— O que foi? — perguntei.

— Você não tem ideia do que vai falar nesse canal, né? — disse ela, certeira novamente.

— Você tem que me incentivar, sabe? — retruquei, meio brincando e meio falando sério. — Desse jeito, quando eu for rico e famoso, não vou poder te colocar na minha listinha de agradecimentos...

Ela riu, mas acho que ficou sentida. Deve ter pensado em como seria se fosse assim no tempo dela.

— Você vai achar um tema — garantiu ela, em tom maternal.

Parte de mim já queria ter uns trezentos vídeos publicados, na página principal do YouTube, cheios de likes, visualizações, comentários, elogios, incentivos e tudo mais, assim como os outros canais de sucesso. Mas outra parte queria saber o que aconteceu com meu pai e a minha mãe. Precisava entender, desvendar o significado daqueles sentimentos. Mas como uma pessoa sabe o que realmente quer e o que fazer para alcançar? Ninguém tinha me ensinado essas habilidades. Ninguém tinha me dito que tudo poderia ser diferente. Eu me perguntava o que precisava saber sobre mim e sobre todo o resto pra que as coisas pudessem finalmente se encaixar. Não dava pra ser mais simples?

— Sobre o seu pai... — disse ela, de repente.

Continuei olhando pela janela, fingindo não me importar muito com o que seria dito.

— Ele sempre foi alguém que precisou... — disse, antes de fazer uma pausa, como se fosse necessário ponderar as palavras — ... sacrificar parte da vida dele.

Eu apenas observava a estrada, que, na escuridão da chuva, parecia se estender por quilômetros e mais quilômetros, como se jamais tivesse fim. Os faróis do carro iluminavam as gotas de chuva que caíam, pesadas.

— Mas apesar de tudo, da distância, inclusive de seus avós, ele sempre soube que tinha um objetivo a cumprir, uma coisa muito especial a proteger. E, por isso, ele era obstinado. Por isso, lembre-se que, mesmo que as coisas sejam difíceis, essa obstinação está no seu sangue. Não importa o que aconteça.

Se havia uma coisa que eu não conseguia ter naquele momento era obstinação. Só queria voltar pro meu cobertor, pro meu computador e pro meu celular, que já havia sido recarregado quatro vezes naquela viagem. E com que fome eu estava! Não conseguia dar muita bola àquilo tudo naquele momento. Ou talvez apenas estivesse de birra mesmo. Pra piorar, onde estava a fazenda? Não chegava nunca?! Não via a hora de acabar com aquilo tudo.

Minha mãe repetia que estávamos quase chegando, mas a estrada continuava a mesma, tediosa e molhada. Forcei a vista pra tentar enxergar alguma coisa, mas só o que eu via de diferente era o semblante dela, que parecia tentar conter a excitação de estar ali.

De repente, ela virou o volante com tudo e jogou o carro para o acostamento, em seguida entrou em uma estradinha de barro, pisando fundo no acelerador. Grudei no banco do carro e gritei, quase metendo a mão na direção pra, sei lá, tentar não morrer. Jurei ter visto as árvores virem em nossa direção, troncos grossos e pontudos diante do capô do carro, prestes a quebrar o para-brisa e rasgar nossos rostos. Nem preciso dizer que eu estava ofegante e completamente desnorteado, certo?

— Mãe, tá tudo bem? Não é melhor diminuir um pouquinho a velocidade? — perguntei, quase me borrando todo.

Pra me deixar ainda mais maluco, ela ficou tateando o banco de trás com a mão direita, procurando alguma coisa e com a esquerda segurava o volante, o que só piorava o meu desespero. Instantes depois, tirou de uma das malas um caderninho, e me entregou em seguida. Era de couro preto, da mesma cor do caminho que víamos adiante. Estava trancado por um cadeado esquisito, meio antigo e pesado, mas em perfeito estado, reluzindo inclusive à fraca luzinha do painel que iluminava vagamente o carro.

— Seu pai me pediu pra te entregar isso quando a hora chegasse.

— O quê?

Revistei o caderno, embasbacado.

— Cadê a chave? — perguntei.

Minha mãe deu de ombros. Insisti:

— O que eu faço com isso, mãe? Como abre?

Ela olhou pra mim por alguns segundos, hesitante, como se tivesse muita coisa para me contar, mas algo parecia a impedir. Eu já estava achando tudo muito estranho. Quando chegássemos à fazenda, teria que me dar umas boas explicações. Que negócio era aquele, afinal?

Minha mãe seguiu dirigindo, ainda rápido demais pro meu gosto, mas um pouco mais contida – até porque a estreiteza da estradinha de barro não permitia velocidade maior. Segui viagem com os olhos esbugalhados: as árvores ao redor ainda passavam pelo carro em alta velocidade.

Uma pontezinha de madeira bamba, estreita e looonga surgiu no caminho.

— Não é melhor diminuir a velocidade, mãe? — perguntei, tentando disfarçar o terror. O carro trepidava o tempo todo, dava pra sentir cada tábua molenga e mal colocada prestes a ceder debaixo dos pneus. Pela janela, via o reflexo da lua sob as nuvens em um rio agitado e profundamente negro.

— Temos que passar por essa ponte mesmo, mãe?

— Claro, filho. É a única entrada e saída para a ilha.

— Como assim, ILHA?

É claro que ela não respondeu.

Ufa, passamos em segurança. Olhei pela janela e dava pra ver o rio gigante que se escondia no meio da mata. Mais adiante, longe dali, em meio ao balançar enjoativo da estrada de pedra, apareceram dois pontinhos luminosos, profundos e macabros bem na nossa frente, em alta velocidade, e logo se transformaram em uma massa grande e escura. A freada brusca da minha mãe fez meu peito afundar no cinto e meu pescoço esticar para trás. O carro começou a perder estabilidade, ziguezagueando. Um grito permaneceu entalado na minha garganta, parecia que eu tinha levado uma pisada no pulmão. O carro derrapava e se aproximava cada vez mais daquela criatura assustadora. Pela sombra, vi que estava em posição de ataque; parecia ser um bicho peludo, tipo um lobisomem. Nunca soube se era lenda ou realidade, mas ali, sozinho com minha mãe no meio do nada, sem ninguém por perto por sei lá quantos quilômetros, me preparei para o pior.

Levei uma pancada na nuca com uma caixa de maquiagem que voou do banco de trás, o que só percebi depois, tamanho o medo. O carro finalmente parou, encoberto pela fina poeira que tinha subido com a freada, e praticamente bloqueou a nossa visão por todos os lados. Naquele escuro, não dava pra enxergar nada a um palmo de distância.

— Você tá bem, filho? Se machucou?

O susto deu lugar a uma sensação ruim de saber que havia uma criatura estranha e ameaçadora do lado de fora do carro. Não dava pra ter noção do que acontecia.

— O-o-o que-que era aquela coisa, mãe? — gaguejei, enquanto meu coração saltava pela boca. Meu corpo tremia de ponta a ponta.

Minha mãe rapidamente se certificou de que as portas estavam trancadas.

— Não deu pra ver direito, deve ser algum bicho da mata.

Ela estava visivelmente assustada, e ficou ainda mais alarmada quando ouvimos os passos e a respiração pesada da criatura que nos rondava. Em certo momento, poderia jurar que o bichão tinha subido na lataria do carro, mas, como minha mãe não esboçou reação, achei que eu estava só pirando na batatinha. Além de apavorado, eu me sentia um lixo por não conseguir protegê-la ou, ao menos, passar algum tipo de segurança. O máximo que consegui fazer foi segurar a mão dela, mas não sei se o fazia por ela ou por mim. Quando a poeira finalmente baixou, ficamos aliviados ao perceber que o animal não estava mais lá. Na hora, imaginei mil coisas, pensei: *Deve estar debaixo do carro*. Temi olhar para o lado e ver o bicho me encarando, olhando direto para o fundo da minha alma através do vidro do carro. Durante essa minha viagem mental por possibilidades assustadoras, percebemos que o animal tinha deixado uma coisa estranha no meio da estrada de barro. Apertei os olhos para tentar enxergar o objeto misterioso.

— O que é aquilo, mãe? É uma pedra que brilha? — perguntava, incrédulo. Mesmo estando na cara, eu precisava de uma confirmação.

— Não sei, filho.

Ficamos ali em silêncio, na escuridão da selva, à mercê do desconhecido, paralisados pelo medo.

2

Será que meu pai, tão obstinado e corajoso, sairia do carro pra examinar aquela pedra ou daria a partida e seguiria em frente com cautela? Não tinha como saber, apenas supor. Era melhor deixar pra lá e agir por conta própria, ou seríamos devorados ali mesmo, sem ninguém pra nos socorrer. Terminaríamos trucidados pela besta amazônica no meio daquela estradinha de filme de terror. Imaginava se aquele osso não era de outro garoto como eu, metido a corajoso, que teria se apressado em ser o valentão e, *nhac*, virou comida de lobisomem.

— Vamos sair daqui — disse minha mãe, recuperando-se do susto.

— Mãe, olha! Tem mesmo uma pedra brilhante no meio da estrada.

Era uma rocha com um formato estranho. De longe eu não conseguia dizer se havia algo nela, mas brilhava de uma maneira esquisita.

Fechei os olhos, respirei bem fundo e tentei não hesitar na minha decisão (nem me arrepender dela):

— Vou ver o que é, mãe.

Abri a porta do carro devagarinho, mas com objetividade, botei os pés pra fora e parti em direção àquela pedra, a uns três metros à frente. Não sei de onde saiu essa decisão, mas me sentia estranho. Fiz um sinal de silêncio pra minha mãe, com medo de que ela soltasse um berro e atraísse a atenção da criatura novamente.

Senti o ar frio da floresta na pele, um vento intenso que entrava direto nos pulmões e me dava a sensação de que podia ser levado a qualquer instante para bem longe dali. Talvez fosse só a adrenalina. Exceto pelo facho de luz que vinha do carro, eu não conseguia ver muita coisa, não, e olha que eu estava atento a tudo ao redor, tremelicando a cada passo com medo de levar uma mordida fatal no pescoço, sem ter sequer tempo para reagir. A sola do meu tênis afundava no chão enquanto eu seguia, meio rápido e meio devagar, até o meu destino. Não ousava olhar pra trás (se o fizesse, acho que me deitaria no chão em posição fetal para chorar). Imagino a cara da minha mãe nessa hora. Sabe quando bate a vontade de sair correndo? Eu tentava controlar esse impulso dentro de mim, balancear os sentimentos pra não me perder neles. Então, cheguei até a pedra e, caramba, ela parou de brilhar!

Parecia uma rocha antiga, com uns desenhos esquisitos esculpidos. Com ela nas mãos, senti subir um calafrio; minha reação foi voltar correndo, carregando-a comigo, dando finalmente vazão a todo o nervosismo, ansiedade e energia daquele momento. Entrei no carro, todo desajeitado. Minha mãe gritava pra que eu largasse aquela coisa, dizia que eu estava lelé da cuca e que não tinha juízo. Eu mesmo não entendia por que fiz aquilo, de onde tinha saído aquela decisão maluca. Implorei a ela para dar logo a partida e irmos embora. E foi exatamente o que ela fez, derrapando e levantando mais poeira. Pelo menos, estávamos sãos (ou nem tanto) e salvos (bem, por enquanto).

Silenciosamente, torcíamos pra que o carro seguisse normalmente e nenhum outro bicho pulasse na nossa frente. Tadinha da minha mãe, deu pra ver que não estava preparada pra lidar com o que tinha acabado de acontecer.

— Oliver, nunca mais faça isso!

Eu já sabia que ia levar bronca. E confesso que também estranhei tudo aquilo. Nunca tinha feito nada parecido na vida real, só no video game.

— Filho, joga essa pedra fora, pelo amor...

Só então me dei conta de que ainda a segurava. Tinha umas coisas esquisitas em sua superfície e ela emanava um odor de nada, mas um nada meio apodrecido. Abri a janela do carro, fingi que joguei a pedra fora, mas a coloquei no bolso. Um silêncio tenso voltou a se instaurar no carro. Eu ainda tentava entender tudo que tinha acabado de acontecer.

— Mãe, na casa do vô não entra bicho assim, né?
— Que eu saiba é difícil — disse ela, tentando me acalmar. — Nunca soube de nenhuma história parecida, pelo menos.

Não era uma resposta muito reconfortante. Eu me perguntava quantos dias teríamos de passar lá? Preferia voltar pra casa com os membros intactos.

— Por que você fez aquelas barbeiragens, mãe? — questionei meio bravo. — Precisava me dar um susto daqueles?

— O acesso para a fazenda do seu vô não é fácil. Pra conseguir entrar na ilha, é preciso mesmo manobrar de um jeito delicado.

"Entrar na ilha?" Ah, é? Que história era aquela? Eu não lembrava que a fazenda ficava numa ilha no meio da Floresta Amazônica maranhense. Se soubesse, teria ficado grudado no computador e jamais teria saído de casa. E se essa ponte de acesso caísse, o que aconteceria? Ninguém mais sairia da ilha ou entraria nela?

Subitamente, mamãe se inclinou sobre o volante. Olhava curiosa para o céu estrelado, como se previsse alguma coisa.

— Filho, presta atenção. Estamos chegando...

Eu seguia o olhar dela e não encontrava nada adiante, a não ser as constelações estonteantes que tanto estudei na aula de geografia. Era mesmo um espetáculo. Virei-me para minha mãe e perguntei o que exatamente ela estava enxergando.

— Olha, olha! — ela insistiu.

Observei o céu com atenção, tentando enxergar uma estrela com brilho mais forte, um mapa ou sei lá... Que caminho longo! Costumava achar que uma ilha era uma coisinha de nada, um punhadinho de chão no meio da água, mas ali parecia ser uma ilhona bem grande.

Foi quando aconteceu uma coisa incrível: numa velocidade impressionante, o céu passou do negro absoluto pra um dourado crepuscular. Foi muito mais rápido que um amanhecer comum, algo que eu realmente nunca tinha visto. Então, percebi o quão diferente estava tudo ao nosso redor: uma vegetação vasta surgia, verdejante e imponente, e se erguia até onde a vista alcançava; o sol despontava acima das árvores num silêncio repentino, logo preenchido pelo canto suave dos pássaros silvestres, que alçavam voo ao longe, acompanhando o carro enquanto batiam as asas e ganhavam altura – seriam araras?

Sem tirar os olhos daquela paisagem desconcertante, vasculhei o chão do carro com as mãos em busca do celular. Encontrei-o num canto. Quando o desbloqueei, vi a bateria acabar em segundos, e foi bem estranho, porque estava com oitenta por cento na última vez que olhei. Era uma pena não ter bateria naquele momento, mas ao mesmo tempo foi bom: eu sabia que não me esqueceria daquilo tão cedo.

— Caramba, Ana! — disse, chamando minha mãe pelo nome. — O que acabou de acontecer?

— Mágico, não é, filho?

— Não era tipo quatro da manhã agorinha mesmo?

— Não sei... Era?
— Poderia jurar que sim.
A brisa fresca que entrava pela janela e os raios de luz nos ajudaram a ficar um pouco mais tranquilos em relação ao que tinha acabado de acontecer. Talvez a Floresta Amazônica não fosse assim tão assustadora, afinal.

Lá longe, onde a vegetação densa diminuía, dando lugar a um vasto descampado, eu conseguia enxergar um grande portal rapidamente se aproximando. Era uma estrutura de madeira bem grossa e sólida, que parecia estar fincada muito, muito profundamente na terra. Ao chegarmos mais perto, vi entalhados em seus pilares laterais cobras, tucanos e araras, junto com onças, piranhas, saguis e um monte de frutas tropicais. No pilar superior, havia o entalhe da correnteza de um riacho, onde se lia, em letras garrafais e imponentes: Fazenda do El Dorado.

— Chegamos — disse minha mãe, como se não fosse óbvio.

Lá estava, no alto de um monte, a casinha humilde da vó Isabel e do vô Manoel – bem, agora só dela. Era um pontinho de alvenaria em meio a um campo vasto, junto de um galpão e uma garagem, ambos de madeira, e outra casinha mais distante, que eu não conseguia enxergar direito. Já dava para perceber alguma movimentação ali: várias motos chegavam e saíam. Estranhei o fato de nenhum dos condutores usar capacete.

Olhei para cima; parecia que um potão de tinta guache azul-celeste havia sido espalhado no céu imenso.

Existiria algo comparável ao céu em tamanho? Havia o além-céu, o oceano e a Floresta Amazônica, mas dali, aos nossos olhos, nada parecia mais grandioso. Quem sabe a internet.

Minha calça jeans comprida e pesada não combinava com a Amazônia maranhense, tampouco meus tênis ou as meias felpudas. Desajeitadamente, ali mesmo no carro, me livrei de tudo aquilo, inclusive das calças – pra constrangimento da minha mãe, que torcia para que ninguém estivesse olhando. Encontrei uma bermuda e meus chinelos na bagunça do banco de trás. Vesti-me a tempo, antes de o carro parar. Coloquei a pedra no bolso da bermuda e peguei a câmera, percebendo que estava totalmente carregada. Saí a todo vapor, segurando os chinelos, louco para sentir a textura do gramado sob meus pés descalços. Ainda empolgado pelo fenômeno a que acabara de assistir, e louco para gravar alguma coisa, vi a silhueta da vó Isabel pela janela, dentro da casa, o corpo mirradinho parado, encarando algo próximo, que eu não conseguia ver o que era.

— Mãe... — senti que ela já sabia o que eu ia perguntar. — Não é numa igreja o funeral do vô?

— Não, filho — respondeu. — É em casa mesmo.

De repente, senti aquele dia lindo ficar esquisito. Logo quando me acostumava a um sentimento, outro vinha e o derrubava, sobrepondo-se sem pedir permissão à montanha-russa que já era aquela viagem. E só tínhamos acabado de chegar.

Eu relutava em ver as poucas memórias de infância daquela casinha serem substituídas por aquela situação tão fúnebre. De repente eu me dava conta do quanto havia sido inadequada a minha troca de roupa, aquela câmera na mão. Ao mesmo tempo, eu me sentia mesquinho por pensar numa coisa tão tola num momento tão delicado. Qual era o protocolo naquele tipo de ocasião? Os adultos e seus costumes esquisitos, o tempo todo, sem parar. Devia fazer o sinal da cruz, mesmo sem ser muito ligado nessas coisas? Foram tantas horas dentro do carro com minha mãe... eu não podia acreditar que me esqueci de perguntar como me comportar decentemente.

E o vô Manoel ali, morto, a poucos passos de mim. Isso me fez pensar: o que é a vida, afinal? Sei que estava ali, mas estava realmente? O que era aquele sentimento repentino e esquisito de me perceber existente, vibrante, consciente? De onde vinha, tão subitamente? O que me diferia dos pássaros que voavam diante de mim há poucos instantes? Não éramos todos principalmente de água e carbono? Se éramos, o que isso significava? Que nós, humanos, temos muito em comum com absolutamente tudo que existe no planeta? Como poderia achar que só eu e meus interesses importavam? A Terra, com seus mais de quatro bilhões de anos, ia para onde mesmo? Carl Sagan, o cientista, dizia que somos todos poeira das estrelas. Imaginava que eu ali, vivo, também o era, assim como o meu avô antes e mesmo naquele momento.

Caminhei tímido até a casa, tentando esconder a câmera no bolso. Passei por algumas pessoas sem saber quem eram, provavelmente moradores das redondezas. Pareciam borrões, com roupas formais naquele calor, de camisas de botão, calças folgadas e botas negras ou vestidos que cobriam o corpo do pescoço ao tornozelo. Alguns jogavam dominó, sentados ao redor de um tronco largo, usado como mesa, enquanto viravam doses de pinga, fazendo careta após os golões. Como assim jogavam dominó num velório? Aquilo me assustava. Senti que vários me olhavam meio esquisito.

Chegando à porta, ouvi uma canção distante e familiar. Uma sanfona melancólica, embalada pelo peso da morte. A voz pesada que a entoava a fazia parecer um hino sem fim, que ecoava pela eternidade desconhecida. Aquilo, de alguma forma, tocava fundo o meu coração, repercutindo em todo o meu corpo, espalhando-se dentro de mim, em meus pulmões, minha pele, meus dedos, meus olhos.

Ao lado da minha vó, no centro da salinha vazia, o caixão fechado. Senti vontade de chorar, e quase o fiz, com um nó apertado na garganta, dolorido feito um soco no pescoço, sufocante. Caminhei até o vô, repousando a mão sobre a madeira maciça, sentindo que o tocava, apesar de não poder fazê-lo. Na parede, um antigo retrato dos dois, daqueles que parecem uma pintura meio assustadora, colorida, mas desbotada. Um antigo ventilador de metal tentava, em vão, aliviar o bafo. Do outro lado do caixão havia um toca-discos, provavelmente da época do meu pai, mas em pleno funcionamento. Do vinil, ecoava uma música baixinha em tom de despedida:

Numa tarde bem tristonha
Gado muge sem parar
Lamentando seu vaqueiro
Que não vem mais aboiar
Não vem mais aboiar
Tão dolente a cantar
Tengo, lengo, tengo, lengo,
tengo, lengo, tengo
Ei, gado, oi... *

Ao sentir o abraço da vó Isabel, fechei os olhos, e pareceu que tudo era infinito. A dor veio mais forte, definitiva e cruel, mas eu sabia que estava tudo bem, tanto com o vô Manoel quanto com os que ficavam. Não havia uma única lembrança ruim a seu respeito. Eram poucas recordações, mas todas puras. Senti um embalo cósmico; a canção quente e afetuosa despertava algo primal em mim, anterior a tudo e todos, como se fosse uma vibração do Universo. Devo ter escutado essa música na barriga da minha mãe. Será que o disco era do meu pai?

Ei, gado, oi
Bom vaqueiro nordestino

---

* "A Morte do Vaqueiro", Luiz Gonzaga, Nelson Barbalho; RCA Victor, 1963.

Morre sem deixar tostão
O seu nome é esquecido
Nas quebradas do sertão
Nunca mais ouvirão
Seu cantar, meu irmão
Tengo, lengo, tengo, lengo,
tengo, lengo, tengo

— Como cresceu lindo esse meu neto — ouvi dela, recostado ao seu peito. Que saudades que eu estava da minha vó. Seu sotaque alagoano trazia um calor pra dentro do meu coração, uma coisa forte, que eu também não estava preparado pra sentir, mas que se unia a tudo ao meu redor. Doía saber que não ouviria mais aquele sotaque gostoso vindo também do vô Manoel. Os dois saíram do sertão alagoano ainda jovens, pois lá não havia água pra plantar e era impossível sobreviver naquela seca. Passaram fome por um tempo, foi bastante difícil. Mas, na Amazônia maranhense, encontraram o brilho de suas vidas – é só olhar ao redor pra ver que a natureza aqui vibra forte. Aí o vô conseguiu esse pedaço de terra e trabalhou muito, cuidando de cada centímetro com amor. Sempre ouvi que protegiam com paixão as redondezas, principalmente o vô. Ficava ruim da cabeça quando via uns brancos destruírem a mata, fazerem pesquisas e acabarem com os rios de propósito. Dá pra entender.

— Come, filho — disse minha vó, oferecendo um sanduíche duplo de queijo.

Nunca passava fome perto dela, era só eu chegar que já me oferecia um monte de comida. Senti o cheirinho de seu pão caseiro e me lembrei da vez em que, quando moleque arteiro, ela me deixou preparar um sanduba de farinha láctea com presunto. Foi uma festa. Eu me lembro com carinho até do xarope ruim pra caramba que ela me fazia tomar pra crescer forte. Coisa de vó mesmo (e, quer saber, deu certo).

Naquela visita, rememorei que poucas coisas são tão revigorantes quanto estar em contato direto com a natureza. Não sei se estava precisando de férias, mas realmente senti a diferença de ambiente. Sentado na varanda, recostado sobre os braços, tinha os pés finalmente refrescados pelo gramado verdejante. Havia algo de energético naquilo, a brisa suave que aliviava o calor era um bálsamo pra alma.

Certa vez, na biblioteca da escola, enquanto todos brincavam de sei lá o quê no pátio, encontrei um livro com ilustrações engraçadas, que não faziam muito sentido pra mim, mas que explicavam o conceito indiano do prana, que é a energia vital do Universo que vem do ar que respiramos. O Universo todo em conexão através do ar no cosmos, interligando corpo e mente, fazendo de tudo uma coisa só. Achei estranho me lembrar disso no meio da floresta, e nem tenho como dizer se é verdade, mas sentia uma coisa inflando em meu peito, além do ar. Com o tanto de árvores nas redondezas, todas elas absorvendo gás carbônico e produzindo oxigênio, não é de se surpreender.

A morte mexe mesmo com a gente. Ou será que o que faz isso é a vida? Sob o sol, deixei o casebre, os adultos e suas lástimas para trás. Caminhei pelo gramado em direção a uma grande e solitária árvore no meio do descampado. Sentei à sua sombra desfrutando do silêncio – que não era realmente um silêncio, afinal, o farfalhar das folhas tinha uma música própria e tão tranquilizadora para os ouvidos da cidade grande que ressoava como uma ópera muda. Tirei a câmera do bolso e me deitei, esparramando o corpo em meio à terra e à folhagem seca, os olhos cerrados, exaustos da viagem, quase se entregando, observando o movimento pendular-caótico-tranquilo dos galhos e das folhas; a canção de ninar da natureza, original como ela só. Já com a mente divagando entre sonho e realidade, sem saber se acordada ou adormecida, enxerguei uma sombra amorfa no alto, claramente vindo em minha direção. Fiquei paralisado, não conseguia reagir nem fazer nadinha, menos ainda chegar a uma conclusão sobre o que era aquilo, que, quando eu menos esperava, caiu ao meu lado com um baque seco e vibrante, fazendo-me saltar, desperto do transe.

— Oi, moço! — disse uma voz suave.

De pé ao meu lado, uma menina sorridente, de olhar brilhante, pele cor de suco de guaraná e cabelos lisos e negros até os ombros, me encarava. A camiseta branca, larga e com a manga mordida nas mãos lhe davam um ar de moleca — devia ser apenas um ano mais nova que eu. Ela piscava os olhões com uma frequência maior que a normal.

— Quer um pedaço? — disse, oferecendo-me a fruta.

— Tem manga nessa árvore?

— Não, peguei da cozinha mesmo — respondeu, rindo da minha inocência. — Você é da cidade grande, né?

— Sou, sim. Vim visitar... quer dizer... Vim ver o meu avô.

Ela se aproximou, examinando-me. Seu olhar mudou repentinamente. Estava mais séria.

— Você é o Oliverzinho?

Corei. Oliverzinho? Ninguém nunca me chamou assim antes, nem minha mãe, nem minha vó, muito menos alguém que eu tinha acabado de conhecer. E onde ela ouviu falar de mim?

— Sou, sim. Como você sabe?

— É mais gordinho do que eu imaginava...

Que garota intrometida. Ninguém fala assim do corpo de alguém que acabou de conhecer. Quase a mandei cuidar de sua vida.

— Você conhecia o meu avô?

— O seu Maneco? Mas é claro. O vozinho que eu nunca tive. Um amor de pessoa. Ele e a dona Isa.

"Seu Maneco." "Dona Isa." A intimidade que eu nunca pude ter com eles. Será que eles a consideravam mais neta do que eu?

— Eu sou a Bel. Minha casa é mais lá pra baixo. Tá vendo aquela estrada de barro, depois daqueles arbustos lá embaixo? — perguntou, apontando pra longe, onde eu mal conseguia enxergar, na direção oposta à casa da minha avó.

Respondi com um resmungão, completamente perdido em termos geográficos.

— Depois eu te levo lá — continuou ela, percebendo a minha confusão. — Pela sua cara de cansado, não deve voltar pra casa tão cedo... Vai ficar quanto tempo aqui?

— Sabe que não sei? Eu não queria nem vir, pra falar a verdade.

— Mas aposto que já mudou de ideia.

Assenti, tímido. Não esperava ter que socializar naquele momento.

— Como você sabe quem eu sou? — perguntei.

— Ah, seu avô vivia falando de você. — Corei novamente. Em silêncio, o coração palpitando mais forte e quase parando. — De como você era fascinado por tudo daqui desse lugar.

— Acho que deve ter sido outro neto então. Sou da cidade mesmo, vim pra cá pouquíssimas vezes. Quase nem me lembrava de como era aqui.

— Não, era você mesmo.

Com habilidade, ela pulou e se agarrou em um galho próximo com as mãos. Dando impulso, balançou o corpo, fincando os pés no tronco pra escalar a árvore.

— Vem, sobe!

— Estou bem aqui — respondi, sem convicção. Como poderia explicar pra ela que não conseguiria sem passar vergonha? Pensava em algo pra desviar o assunto.

— Deixa de ser tonto — disse ela. — Bora, garoto!

Ela estendeu a mão pra que eu subisse, e se segurou com firmeza no galho. Coloquei a câmera no bolso, agarrei sua mão e, como o desajeitado sedentário e desastrado que era, tive muita dificuldade. No fim, paguei o maior cofrinho, mas consegui. Forte, essa menina.

— Você não ficou triste? — perguntei, apontando com a cabeça em direção à casa.

— Ah, fiquei, né? — Não triste, exatamente. Fiquei... como posso dizer? Conformada. Queria que o seu Maneco estivesse presente ainda... É cedo demais pra sentir falta, pra entender a ausência, mas a natureza tem seu ciclo, né? E ele cumpriu o dele como poucas pessoas conseguiriam hoje em dia. Sem contar que ele está aqui ao redor, pode ter certeza.

Ela fitou o horizonte por instantes. Em seu rosto o respeito maduro de quem entendia do que estava falando, não parecia ser da boca pra fora. Perguntei qual era a real relação dela com meus avós.

— Ah, eu estou sempre por aqui. Nada de mais. Ando pra lá e pra cá, às vezes aqui na fazenda, às vezes floresta adentro. Seu avô era o guardião disso tudo aqui. Sempre cuidou. Amoroso como ninguém, severo quando necessário. Tive a chance de o ver botar pra correr uns aproveitadores uma vez... Queriam se instalar aqui e levar madeira embora, sem permissão, nem registro, nem nada. Essas empresas volta e meia, na maldade, querem lucrar com as árvores centenárias da ilha. Mas ele sozinho expulsou todos os invasores. E olha que o território aqui é grande, viu? Até onde você já foi por aqui?

— Acabei de chegar, pra ser bem sincero. Conheço a sala de estar e esta árvore.

— Temos muito pelo que passear, então.

— Você conhece o meu pai? — perguntei, torcendo pra que a menção dele não fosse um tabu também por aqui.

— Não, nunca o vi, só ouvi falar, e por terceiros. É o Fantasma, não? Nunca dei muita bola pras lendas. Desde que o seu pai sumiu, desconfiam que assombre a floresta, mas eu acho que ele só morreu mesmo.

Quase caí do galho. Não esperava ouvir isso com tamanha naturalidade. Pela reação dela ao me ver, deve ter percebido a má escolha das palavras. Um calor tomou conta do meu pescoço, as veias latejantes, a visão turva.

— Eu... Eu não tenho certeza, tá? — emendou, sem muita segurança. — O que ouço por aí são apenas comentários...

— Como assim? — perguntei, já em dúvida se queria saber mais sobre essa história.

Uma parte de mim fantasiava que nos encontraríamos novamente um dia, que ele então revelaria que sua ausência fora um infortúnio do destino, mas que ele e minha mãe poderiam retomar de onde pararam, que voltariam a viver juntos, e viveriam todos os clichês possíveis, mesmo que enfadonhos.

— É quê... Faz tempo que ele não é visto. Anos e anos. Exceto por algumas supostas aparições, que os moradores da região dizem ser sobrenaturais...

— Cê tá dizendo que o meu pai é um fantasma?

— Eu, não. Os moradores da vila.

— Que o meu pai, Oliver, é uma assombração, uma lenda de meia-tigela?

— Não precisa ficar agressivo... Só estou te contando o que ouvi. Se não quer saber, fique sozinho com suas ilusões confortáveis da cidade grande.

Com habilidade, ela desceu da árvore em poucos movimentos e caminhou decidida na direção do vilarejo. Quase me matei pra conseguir descer também, ralando as mãos na casca áspera do tronco, pagando cofrinho novamente e batendo o joelho com tudo no chão. Mancando, tentei segui-la, mas não consegui. Fui obrigado a encher meus pulmões:

— Onde eu posso encontrá-lo?

Ela seguiu seu caminho, sem dar bola pro que eu perguntava.

— Bel, por favor!

Eu poderia jurar que, quando decidiu se virar pra falar comigo, tinha ficado quase invisível, movendo-se feito um animal selvagem místico em minha direção, até surgir vibrante em minha frente. Mas provavelmente (ainda) era o cansaço da viagem. Não havia outra explicação, não mesmo.

— Vem comigo — disse ela, tomando a dianteira e mantendo o passo firme até o casebre da "vó Isa".

Segui em sua cola, o corpo desequilibrado, o joelho pegando fogo de dor. A Bel contornou a movimentação da casa, pra evitarmos passar pelo funeral, e me levou a uma porta nos fundos, que dava para um corredor com outras três entradas. Seguimos pela primeira à direita.

— Onde estamos? — perguntei prestes a entrar.

Era um quartinho apertado, escuro e com cheiro de mofo. Fracos fachos de luz passavam pelas frestas da janela de madeira. Uma cama frágil com colchão de espuma bambeava no canto, ao lado de um banquinho de madeira carcomido por centenas de cupins, assim como uma mesa de tampo torto. Metade de uma vela derretida parecia estar há anos em cima dela. Ao seu lado, um caderninho de couro surrado, e, na outra extremidade do quarto, uma pilha desarrumada de discos velhos de vinil. No chão, um lampião desses antigos, a óleo, e uma caixinha com meia dúzia de fósforos queimados.

— Você não queria saber do seu pai? Isso é tudo o que restou dele.

Nunca fui alérgico a nada na vida. Nenhuma comida, injeção, muito menos poeira. Mas ali havia algo esquisito, o ar era pesado, e eu conseguia enxergar a sujeira flutuando. Comecei a sentir os olhos irritados e o nariz sensível, o que culminou em uma crise de espirros.

— Ele está morto ou não? — insisti, querendo ouvir qualquer outra coisa que não aquilo.

— Se ele estiver vivo, a pista está neste quarto.

Meu pensamento foi pra longe e pouco depois, quando olhei para trás, percebi que a Bel havia sumido. Como ela fez aquilo? Voltei a atenção ao quarto e rodeei novamente o recinto. Não havia muito a explorar, era um quarto sem graça, que não fazia jus às minhas recentes expectativas e idealizações sobre meu pai, talvez justamente por serem frutos de minha mente, de uma imaginação que força verdades, que insiste em algo que não existe, em uma farra fabulesca sem fim. Às vezes sentia que deveria me desapegar de tudo, aceitar as coisas como eram, da forma que eram, já que, pelo jeito, nada estava sob meu controle.

Alcancei o caderninho sob a banqueta, idêntico ao que minha mãe me deu, só que desgastado pelo tempo. O couro desbotado e meio esfarelado. Como não tinha nenhum cadeado nele, abri de imediato, mas nas páginas amareladas só havia algumas palavras em uma língua estranha, acho que era alemão, meio sem sentido pra mim. Outras páginas tinham sido arrancadas.

Larguei o caderno na cama. *Que saco!*, pensei. Busquei pelo celular no bolso. Desligado, sem um pingo de bateria. Que coisa isso também! Será que o "Papai Oliver" não tinha um carregador dando sopa no meio desse mofo todo? Aposto que deve ser um carregador fantasma também. Droga. Odeio quando fico sarcástico em pensamento. Parece que não tenho controle sobre isso, mas não deve ser assim que funciona, certo? Somos nós mesmos que pensamos o que pensamos — então, por que não conseguimos dominar esse processo? Não é possível. Talvez eu tivesse que me vigiar mais, ser mais cauteloso com o tagarela que vivia dentro de mim. Não tem uma religião oriental que diz que o silêncio preserva energia? Dizia isso naquele livrinho também. Será que o mesmo vale para o silêncio da mente? Porque estava difícil naquele momento.

Silêncio: o quarto estava tomado por ele. Mas era um silêncio diferente do lá de fora, perto da árvore, que era mais uma quietude do que outra coisa. Ali dentro o silêncio parecia um bloco pesado pressionando as paredes, prestes a implodir e explodir ao mesmo tempo, uma tensão que eu sentia nos pulmões. Abri a janela. Um ranger dolorido e seco parecia expulsar o bafo que deve ter ficado trancado por anos. O clarão que surgiu machucou meus olhos, mas a visão da grande árvore banhada pelo sol era recompensadora, junto com o alívio que era sentir o ar fresco circulando. Apoiei-me no vão e ali fiquei por alguns segundos, apenas admirando e divagando sobre todas as coisas novas que vinha experimentando.

Quando me voltei ao quarto, fiquei paralisado.

Nada nele (ou quase) estava como antes. As paredes, até então descascadas e emboloradas, sujas feito um banheiro abandonado, estavam límpidas, pulsantes, refletindo o dourado da luz do dia; a mesa e a banquetinha já não pareciam ser o lar de vermes repugnantes

— estavam firmes e saudáveis, feito madeira reflorestada do jeitinho certo. A poeira se transformara em pequenas e translúcidas partículas que flutuavam graciosamente. Mas o que mais me surpreendeu foi a quantidade de objetos. Eu já havia sido alertado na escola sobre a minha ocasional falta de atenção – alguns professores afirmavam que meu estado imaginativo profundo era problemático, pelo menos enquanto as matérias eram passadas, o que sempre achei meio exagerado, porque, no fim das contas, minhas notas eram até boas. Mas o fato é que, sim, de tempos em tempos eu ficava olhando pro nada durante as explicações (e às vezes dormia). Mas ali, no quarto do meu pai, percebia que eu talvez devesse estar mais atento aos detalhes. Além do banquinho, da mesinha, da vela derretida, do lampião, da caderneta e dos vinis, havia, na parede acima da cama, uma pintura em aquarela de uma floresta com uma pirâmide no meio, alguns potes de cerâmica e tapeçarias indígena, assim como um arco e flecha, um baú de madeira antigo com um símbolo nazista, uma bússola, um capacete de ferro verde-musgo com a lateral raspada e uma faca antiga, grande e afiada.

    Não era possível que eu não tivesse visto tudo isso, assim como não era possível que alguém tivesse colocado aqueles objetos ali enquanto eu divagava na janela. Será que eu teria que perguntar pra minha mãe se havia algo de errado comigo? Se eu vivia em um mundo de fantasias ou se sofria de alguma disfunção cognitiva?

Tirei a câmera de um bolso e percebi que no outro a pedra estava brilhando. Dei com a bunda no chão de susto! Onde estaria a Bel pra me beliscar e ver se eu não estava sonhando? Tive medo de tirar a pedra do bolso. Apertei o botão de REC da câmera e comecei a filmar aquilo tudo. Enquanto fazia isso, eu me lembrava dos rumores de o meu pai ser um fantasma. Aquilo estava me deixando encucado. Lembrei-me do bicho assustador na estrada. E o que minha mãe quis dizer quando me entregou aquela caderneta? Ela estava agindo de forma bem estranha também, tão estranha quanto a brisa gélida que começou a circular pelo quarto naquele instante, fazendo tremelicar levemente o assoalho – era algo discreto, mas que se fazia sentir cada vez mais, um sopro que gritava fininho, e que aumentava e aumentava, até bater a porta com tanta força que o susto me fez pular de pé. Espantado, no canto do quarto, pausei a gravação e tentei rever o vídeo, para ver se tinha registrado algo sobrenatural batendo a porta ou se havia sido só o vento mesmo.

    Enquanto assistia ao vídeo, meu coração acelerava. Eu me recusava a acreditar em tudo que estava acontecendo.

3

Não havia nada de anormal na gravação. Pelo menos eu achava que não. Mas notei que a maldita pedra tinha parado de brilhar. Depois de um tempo ali parado, sem coragem de analisar a pedra, observando o quarto que parecia ter vida própria, eu me levantei e fui juntar a bagunça que se instalou depois daquele tremelique todo. O lampião caído, a pintura despencada, a banquetinha arredondada que rolava no próprio eixo, a pilha de discos tombada, enfim, uma zona. Por sorte, os potes continuavam intactos. Poderia até dizer que aquela bagunça era o que eu tinha de mais parecido com o meu pai até então. Olhei pela porta, ninguém tinha se importado com a barulheira – talvez ventanias repentinas fossem comuns por ali.

Descobri que ocupar a mente com arrumação é uma boa forma de esquecer por um momento os sustos tomados. Ocupado com a organização, a gente foca mais no momento presente do que em abstrações etéreas. Deixei os discos de vinil por último; deviam ser uns vinte ou trinta, dispostos numa cascata torta. Aproveitei para dar uma breve olhada neles, sentir a textura antiga das embalagens de papelão, meio gastas pelo tempo, o tamanho dos bolachões negros, as ranhuras em suas superfícies. Engraçado como o jeito de ouvir música muda com o tempo. Hoje divido minhas playlists entre o Spotify, o iTunes e o próprio YouTube. Nem rádio ouço mais. E é difícil ter um momento em que não haja algo tocando, às vezes até esqueço o fone no ouvido o dia todo. Aposto que não era assim que o meu pai ouvia seus discos. Olhando, não conseguia identificar o gosto musical dele, pois tinha de tudo: Luiz Gonzaga, Dominguinhos, Queen, David Bowie, Zé Ramalho, Chitãozinho & Xororó, Beethoven, Raimundos, Fagner, Bee Gees, Rita Lee, Raul Seixas, Os 3 do Nordeste, Beatles, Leandro & Leonardo e mais um monte de variações. Bateu até uma vontade de trocar o disco da vitrola na sala, mas o momento não era o mais apropriado. Não mesmo.

Quase chegando ao fim da pilha, em meio aos vinis, encontrei uma capinha bem menor, com metade do tamanho dos outros discos. Isso me chamou bastante a atenção, não só por quase caber na minha palma aberta, mas também pelo desenho estampado: uma pintura em aquarela muito realista. Uma cachoeirinha que se transformava em riacho em meio à floresta, repleta de animais aparentemente em harmonia, sob um pôr do sol encantador, que me passava uma leveza bem familiar. Por entre as árvores, além da correnteza, um menino seguia mata adentro, mochila nas costas, sem olhar pra trás, parecendo passar por uma membrana invisível, como se além da floresta houvesse mais floresta, a mesma, só que diferente. Puxei metade do disquinho pra fora da capa – era verdolengo, da cor do gramado, e não havia nada escrito nele nem na embalagem, o que achei esquisito, pois queria saber se era um vinil de música ou de historinhas infantis.

— Vem comer bolo de milho, Júnior — disse minha vó, quase me matando de susto.

O bolo de milho da vó Isa é delicioso! Não havia como recusar. Corri pra varanda.

— Nossa, estava com saudade desse bolo, vó!

Ela riu da minha empolgação enquanto já enfiava um pedação na boca.

— Nossa! — repeti.

As texturas cremosa e crocante se misturavam, unidas pelo gostinho de milho que dissolvia tudo na boca. Era bem diferente dos bolos que eu comia, comprados no hipermercado a duas quadras de casa. Até que eram bonzinhos, mas um pouco secos e deixavam um gostinho de ovo na boca. Sair pra comprá-los também se mostrava um desafio, pois eu tinha que atravessar uma via expressa de duas pistas, cheia de motoristas apressadíssimos – e aparentemente cegos – que nunca viam que eu aguardava com paciência na faixa de pedestres, uma tortura. No hipermercado, era uma canseira sem tamanho. Cheio de coisas entulhadas, gente se esbarrando e mil televisores exibindo programas policiais com gente morrendo ou fazendo barbaridades... Credo, será que não dava pra ter uma folguinha? Mesmo sem querer, acabava caindo junto na pressa coletiva, pegando um bolo qualquer em uma embalagem de plástico tosca que logo seria jogada fora. Depois, era preciso enfrentar uma fila cheia de pessoas emburradas, sem conseguir escapar da barulheira, e já sabendo que a volta pra casa ia ser outro caos. Aí, nem dava gosto de comer mais, porque até engolir virava algo atropelado e desatento. A experiência não se comparava àquele bolo da vó. Sentia até gosto de caramelo nele. Hummmm...

— O bolo que você está comendo foi feito com milho aqui da fazenda, o leite é das vaquinhas do nosso curral — dizia minha vó, percebendo que eu analisava o sabor com curiosidade. — Foi seu avô quem as ordenhou. Pela última vez.

Foi como se tivessem amarrado o meu coração a um *bungee jump* sem que eu percebesse e o empurrado de um penhasco. Como era estranho sentir a conexão das coisas, as causas e condições para que acontecessem. Será que o vô Manoel fazia ideia de que seu neto beberia desse leite e nessas circunstâncias? Que seria sua última ordenha, e que naquele momento se despedia das vacas das quais tinha cuidado com tanto carinho? E elas, quando será que dariam pela falta dele? Será que, entre si, trocavam olhares preocupados, perguntando-se onde ele estaria? Ou eram sábias a ponto de compreender o ciclo da vida assim como é, respeitando o jeito que a natureza age?

— Bem melhor que o da cidade, né? — perguntou minha vó, com brilho nos olhos.

Pensei no hipermercado de novo. Na necessidade de caixas e mais caixas dia após dia. Centenas delas, empilhadas. Eu divagava sobre a energia que aquilo tudo despendia.

— A senhora poderia me mandar um desse todo mês por correio, vó?

Ela riu, com os olhos marejados.

— Eu estava no quarto do pai... — continuei. — Ele não apareceu pra ver o vô?

O semblante mudou, ficou mais sério.

— Me falaram que ele está morto — prossegui.

Eu me perguntava se não era muito cedo pra eu questioná-la sobre isso, mas, no fim das contas, eu era neto e filho. Achava que tinha esse direito, já que ninguém me contava nada.

— Morto? Deixa de bobagem, rapaz! — reagiu, gesticulando.

— Mas por que ele não está aqui? — insisti. — É por minha culpa? É por causa da minha mãe?

— O seu pai não está aqui porque não está aqui.

Não dava para entender se ela estava magoada com ele ou não.

— Ele brigou com o vô?

— O Manoel era bem severo e tratava o seu pai com firmeza quando necessário. Eles até brigavam de vez em quando, mas não dá pra dizer que tenha ocorrido algo sério. Coisa de pai e filho, sabe? Os dois eram bem companheiros, do jeito deles. Seu avô tinha um coração enorme... As pessoas até brincavam que ele era um general quando se tratava de trabalho e da fazenda. Mas um general do bem. Sem firmeza, a coisa desanda por aqui.

— Eu tinha esperança de revê-lo quando viesse pra cá.

— Essa ilha sempre precisou ser protegida — continuou ela. — É um lugar especial, você vai perceber. O bolo é especial, não é?

Ela me serviu mais um pedaço e encheu um copo de leite.

— Algumas pessoas já tentaram praticar o mal por aqui. São ventos que sempre retornam, mesmo que em formas diferentes...

Eu me perguntava do que ela estava falando.

— Estávamos em um período de paz, mas com a morte do Manoel...

— Tem algo acontecendo, vó? — interrompi um pouco assustado.

— Como? Desculpe, acabei pensando em voz alta... O Oliver tem um jeito especial de proteger a fazenda e a ilha, mesmo ausente. Complicado explicar.

— Ele é um fantasma? — Minha vó deu uma risadinha, balançando a cabeça enquanto olhava pra baixo.

— Ouvi dizer isso por aí — expliquei. — E todo mundo aqui me olha meio esquisito...

— Olha, se eu desse bola pra tudo que inventam por aqui... Se ele for mesmo esse tal fantasma, então esqueci de me assustar quando o vi pelas últimas vezes.

Ela se levantou com dificuldade. Ouvi um gemido abafado de dor. Eu me apressei pra auxiliá-la, mas ela rejeitou minha ajuda.

— Senta aí um instante que eu já volto — disse, saindo vagarosamente.

Busquei o celular no bolso, mais por costume do que por outra coisa, só pra me deparar com o aparelho inutilizável, uma tristeza. Guardei de volta, frustrado, e ouvi um barulho. Achei que minha vó estivesse voltando.

Levei um susto e fiquei estático quando percebi que não era ela, mas uma criatura quadrúpede, peluda, ruiva-incandescente e magricela, que se apoiava em cima da mesma cadeira em que eu tinha comido momentos antes. Debruçava metade do corpo sobre a mesa, devorando o que restou do bolo da vó Isa. No chão, havia um osso velho e roído. Eu comecei a tremer. Seria aquele bicho a criatura obscura da estrada? As patas negras eram finas como gravetos, mas decididamente firmes, tateavam com cuidado os arredores. Eu tinha certeza de que seria abocanhado ali mesmo, um fêmur arrancado para jamais ser encontrado.

As orelhas da criatura eram quase maiores do que a cabeça triangular e fina, terminando num focinho pontudo e também preto. Mastigava tudo, compenetrada com a comida. O bicho ainda não tinha me visto, e eu estava a uns quatro passos de distância. Para deixar a cozinha, eu teria que passar por uma das duas portas, ambas próximas a ele. Ou seja, qualquer movimento brusco e, *nhac*, eu viraria carne moída com bolo em seu estômago. Pensei em gritar chamando minha mãe, mas seria meio vergonhoso e não estava muito a fim de pagar mico. Lá fora e nos outros ambientes, todos zanzavam e conversavam normalmente, como se não houvesse um animal gigante e selvagem solto. Não sabia o que fazer.

— Sai daí, Luíde, sai, sai... — chiou minha vó, que voltava à cozinha com uma caixinha em mãos.

O animal pulou em direção a uma porta, virando-se. Encarava a vó Isabel com o olhar sério e desafiador de quem aprontou e aguarda uma punição sem medo.

— Então, vocês já se conheceram — continuou ela, colocando a caixa sobre a mesa. — Já não falei pra não me trazer coisa de fora, hein?! — disse ela para o bicho.

Ao ver que eu continuava imóvel e hesitante, minha vó chamou a criatura com as mãos, pra fazer um carinho. O bicho se locomoveu até ela, cedendo a seus afagos.

— Não precisa ter medo — ela me disse. — Apesar de folgado, ele é um bom amigo. Vem, meu filho.

— Tem certeza de que não vai me atacar? — perguntei, aproximando-me ainda com um pouco de receio. Não estava a fim de passar meus próximos dias com o braço enfaixado ou algo assim. Continuei:

— Tive a impressão de que ele poderia se mostrar, digamos, um pouco territorial...

— Bobagem — respondeu ela. — Esse é um lobo-guará dos mais dóceis — explicou.

Não me lembrava de ter visto um espécime daqueles antes, nem nos livros da escola e muito menos ao vivo. Incrível... saber o que ele era me fez perder um pouco o medo. Contei pra minha vó o que tinha acontecido quando chegamos à fazenda e ela achou curioso. Talvez estivesse mesmo só passando pelo local na hora. Mas talvez não.

No exato momento em que a minha percepção dele se transformou, o bicho se virou pra mim. Nós nos encaramos, olhos nos olhos. Naquele momento, nós nos enxergamos profundamente, o que foi bem inesperado. Parecia que as almas já haviam convivido anteriormente, uma ao lado da outra, pela eternidade. Abaixei-me em direção a ele, que veio em minha direção. Fizemos, então, o nosso primeiro contato.

— A gente acha que ele é das redondezas do Pará — disse minha vó. — Ainda filhote, ele se enfiou na traseira da picape do seu avô, atrás de comida, e nos surpreendeu de repente aqui na garagem.

— É... Ele me surpreendeu também.

— Era o seu pai quem dirigia a picape naquele dia — contou a vó Isabel. — Depois disso, os dois foram companheiros por um bom tempo.

Agora o Luíde se roçava no chão da cozinha enquanto eu fazia cócegas em sua barriga. Era bom sentir que tinha um novo amigo. Já sabia que ele gostava de aventuras e que era corajoso.

— Posso brincar com ele? — hesitei.

— Ele é um espírito livre — respondeu. — Trate-o com respeito e ele estará sempre ao seu lado.

Depois de uma lambida no meu rosto, Luíde se levantou e saiu correndo.

— O que tem achado da viagem até agora, Júnior? — perguntou minha vó.

Era algo que eu não sabia ao certo como responder. Meu avô tinha partido, afinal. Ao mesmo tempo, eu me deparava com várias surpresinhas aqui e ali que me deixavam meio desnorteado, pro bem e pro mal.

— A gente nunca espera, né? — respondi. — Quer dizer, isso nunca tinha acontecido comigo...

— Perder alguém próximo?

Assenti com o olhar.

— Eu não estou triste — revelou ela. — Seu avô deixou tudo pronto antes de ir. Partiu mais cedo do que esperávamos, mas certas coisas a gente não pode mesmo controlar.

— Como assim? A gente tem data certa pra morrer? — indaguei meio confuso.

Ela riu. Aparentemente eu era muito bom em fazer a avó Isabel rir com a minha inocência.

— Eu quero dizer que vivemos uma vida muito boa juntos. Cuidamos um do outro até quando pudemos, até perto do fim. Foi bonito. Uma aventura, sabe?

— Mas a gente fica...

— Ficamos, mas o que foi vivido foi vivido. Que bom que tivemos a chance. É cedo ainda, e sei que haverá dias em que a saudade vai bater, forte, mas não quero carregar o sofrimento comigo. Já basta toda a tristeza de ver seu avô ali, imóvel, sem poder se levantar para reclamar do calor ou de um prato mal lavado...

Minha vó pegou a caixa e a abriu. Tirou de dentro uma mochila bem firme e resistente, que teria pertencido ao meu pai. Dentro da mochila, havia um pequeno cantil arredondado de madeira, já um pouco velho.

— Acho que isso tem que ser seu — disse.

— Poxa... Obrigado, vó! — agradeci, com um nó na garganta.

— Não me agradeça. É seu desde que você nasceu. Pode ser que te ajude daqui pra frente.

— Como assim?

— É sempre bom se manter hidratado. Nunca subestime a importância de um punhado de água em sua vida — acrescentou, rindo. — Senão, quando você perceber, já será tarde demais.

Tirei a câmera e a pedra dos bolsos e coloquei na mochila, junto com o celular, depois a pendurei nos ombros.

— Você parece até o Indiana Jones — disse minha mãe, que cruzou rapidamente a cozinha.

— O pessoal da escola vai achar estranho o fato de a mochila ser tão antiga, mas eu não ligo — respondi. — Bem, eu acho.

Minha vó ficou séria, o rosto enrugado, fechado, dramático.

— Oliver Jr., agora que o seu avô faleceu, o seu pai é o herdeiro desta fazenda. Você já viu o tamanho da propriedade?

Subitamente, o tom de voz dela se transformou:

— Você já viu o tamanho da floresta além desta fazenda?

— Também não, vó...

— Estamos na Floresta Amazônica, meu neto. Não existe lugar como este em todo o planeta. Você consegue perceber isso?

— S-s-sim — respondi, tentando entender onde ela queria chegar.

Já começava a ficar meio nervoso. O que viria a seguir? Ela prosseguiu:

— E você mesmo já percebeu que o seu pai não está aqui no momento...

— Uhum...

— Esse cantil não é pra você levar pra escola e mostrar pros seus coleguinhas de classe...
— Não?!
— Não — respondeu ela, com firmeza.
— Pra que vou usá-lo, então?
— Vem comigo.

A vó Isabel se levantou, novamente com dificuldade e recusando ajuda. Minha mãe, de longe, observava tudo, com um olhar cúmplice.

Saímos por uma das portas e contornamos lentamente a casa, seguindo vários metros por um caminho de terra batida ladeado por uma cerca de arame liso, até nos aproximarmos de um mirante de madeira, pequeno e antigo, meio bambo, e cujos lances de escada rodeavam a estrutura principal. Não sei como aquilo estava de pé. No caminho, a vó Isabel foi me contando como ela e meu vô fizeram pra sobreviver no começo de tudo, sem recursos, sob o risco de nada dar certo e terem de voltar à seca que os matava dia após dia. Pensei de novo na minha saudosa conexão de internet, que, apesar de seus problemas, era certamente um privilégio diante de tamanha miséria aqui fora. *Será que não tem como colocar umas torres aqui perto?*, eu me perguntava enquanto subíamos as escadas. *Há lugares que é melhor deixar intocados*, concluí.

Ao chegarmos ao topo descoberto do mirante, temi pelo vento, que batia com muito mais força no alto do que embaixo. A sensação de instabilidade era bem assustadora. Fiquei me segurando no corrimão, sem olhar ao redor. Vertigem é um saco. Minha vó subiu praticamente de olhos fechados.

— Quando os seus pais namoravam, anos atrás, e passavam as férias aqui na fazenda, eles inventavam de assistir e reassistir infinitas vezes àquele desenho *O Rei Leão*, conhece?

Demorei um pouquinho pra acenar positivamente, ofegante e com as mãos no joelho após a subidona.

— O leão pai fala pro leãozinho filho: "Tudo isso que o sol toca é o nosso reino". Poderia dizer também: "Um dia, isso tudo será seu", mas isso é outra história. Pois olhe ao redor.

Recobrei o fôlego e olhei a vasta paisagem deslumbrante à minha frente, a Floresta Amazônica que se estendia por quilômetros e quilômetros. Vista de cima, um pouco acima da altura da copa das árvores, passava outra impressão de imensidão, bem diferente da perspectiva ao solo. Parecia que cada uma delas respirava tanto em conjunto quanto por conta própria, em harmonia, algo simples e impressionante de se ver.

— Isso tudo… será meu? — perguntei, em choque.

— Sim, seu. E meu, do seu pai, da sua mãe, e ao mesmo tempo de cada um dos seres vivos daqui e de todo o planeta. E ao mesmo tempo não é de ninguém.

Acho que contorci o rosto como quem não havia compreendido a mensagem direito.

— Não há posses na floresta. Pelo menos, não de acordo com a lei natural da Terra. Ela simplesmente é sem precisar ser outra coisa.

— Entendo que na cidade — continuou ela — todos tenham a necessidade de colocar nome em tudo, em dizer que isso é meu ou seu. Cada um com suas propriedades, defendendo-as com unhas e dentes. Nós, aqui na ilha, fazemos parecido até, mas sempre com o propósito de manter o equilíbrio entre os que aqui habitam.

— Tipo as cercas da fazenda — intuí.

— Sim, mas aqui nós preservamos. Por mim e pelo seu avô, não usaríamos cercas. Foi assim no começo, mas não demorou muito para começarmos a ter problemas.

— Problemas?

— Sim. Décadas atrás, vários grupos de madeireiros clandestinos e empresas estrangeiras queriam a todo custo essa região pra eles. Seu avô não gostou nem um pouco, principalmente depois que alguns desmataram uma área bem importante da floresta sem autorização.

— O que vocês fizeram? — perguntei.

— Bom, seu avô botou todos pra correr, e não sem antes passar por um belo sufoco. Desde então, de tempos em tempos, surge alguém com esse tipo de ideia por aqui, o que sempre nos causa problemas. Temos que nos impor.

Apesar do assunto tenso, eu sentia a tranquilidade do local. Observava a imensidão. Era uma área muito, muito, muito extensa pra ser cuidada. Devia dar um trabalhão.

— Mas como que o vô sempre sabia quando tinha gente fazendo coisa errada aqui? — questionei.

— A natureza avisa — respondeu minha vó. — Você vê, é um ecossistema autossustentável e autorregulado. Qualquer desequilíbrio, por menor que seja, é sentido de alguma forma. Mas, pra perceber isso, é preciso estar em harmonia tanto com o local quanto consigo mesmo. E alguém como o seu avô, que deixou o sertão sem recursos pra viver na abundância amazônica, precisa ficar intolerante à destruição e ao descaso.

— Vó, por que você está me mostrando tudo isso?

Ela ficou em silêncio por instantes, o vento soprando em seu rosto, os olhos fechados e um esboço de sorriso na boca.

— É importante conhecer a história da família... — disse ela, enfim.

— E? — insisti.

— E nunca se sabe quando os tempos sombrios podem voltar...

Engoli em seco. Ela prosseguiu:

— Passamos por um bom período de tranquilidade nos últimos anos, eu e o seu avô. Ele, tão acostumado a ficar atento aos perigos vindos de fora, sempre sabia quando algo estava por vir.

— Ele sentia que algo estava pra acontecer?

— Ah, o seu avô, Oliver, era ao mesmo tempo misterioso e previsível. Pra mim, pelo menos. Sempre que escondia algo, eu sabia que ele o fazia, só não sabia o quê.

A vó Isabel, então, se contorceu levemente de dor, desequilibrando-se um pouco. Tentei acudi-la, de novo em vão.

— Eu me viro, filho. Essa dor não é sua responsabilidade — frisou, antes de retomar o assunto. — Ele e seu pai tomavam conta de quase tudo quando era necessário, do jeito deles. Eu nunca soube muito o que inventavam no meio da mata. Nas vezes em que vinham os predadores do dinheiro, os dois sumiam por dias, semanas, até retornarem estropiados, mas satisfeitos pela missão cumprida. O seu avô estava meio esquisito nas últimas semanas. Andando pra lá e pra cá, agitado, indo pras profundezas da floresta com as ferramentas. Não me contava nada. Enfim, se comportava mais ou menos como sempre.

— Ele estava se preparando pra proteger de novo...
— especulei.

— É, talvez — disse ela. — Foi o que deduzi, conhecendo-o.

O mirante oscilava cada vez mais com o vento mais forte. O ranger da madeira me deixava um pouco apreensivo e me causava um enjoo leve, parecido com o que eu tive uma vez, num passeio de barco na Praia do Calhau, em São Luís.

— Júnior...
— Diga, vó.

— Se a vida me ensinou alguma coisa, é que devemos estar sempre preparados. Tem coisas que temos que aprender por conta própria. Há muito a se descobrir por aí, e ficar parado esperando não leva a nada, não. Atitude, sabe?

Estava entendendo tudo. E começava a não curtir o desenrolar da conversa.

— Vó, você sabe que eu não sou como meu vô e meu pai, né?

Ela me encarou, admirada.

— Eu não sei exatamente o que você tem em mente, vó, mas eu não conheço nada daqui. Não que eu não goste de tudo isso e de vocês, e não que eu não lamente a morte do vô. Mas só quero voltar pra casa logo depois do enterro. Voltar pro meu quarto, pro meu computador, pro video game, e quero até fazer um canal no YouTube. Ainda tenho uns dias de férias antes das aulas e quero aproveitar, entende?

— Oliver, o que eu lhe digo é pra vida. Um dia o confronto vem, seja qual for, e quem não estiver preparado será dominado. E as consequências disso serão para todos.

— Eu já entendi que você quer que eu cumpra o papel do meu vô, que cuide da fazenda e da ilha quando algo acontecer, mas como que eu vou fazer isso quando a minha vida é totalmente diferente da que ele levava? Eu não pedi nada disso. Eu não tenho idade nem pra dirigir!

Ela ficou em silêncio, o que me deixou consternado. Geralmente, quando contrariadas, as pessoas respondem irritadas, na hora, meio sem pensar.

— Cadê o seu filho nessa hora? — perguntei. — Ele não é o próximo da lista? Se nem ele quer cuidar daqui, por que eu deveria? Não é à toa que o chamam de fantasma...

Naquela hora, senti o meu coração pular pela boca. De repente, não conseguia mais enxergar o que havia a minha frente. Digo, estava tudo lá, mas anuviado, fora de balanço, meio torto e de cabeça pra baixo. Eu não conseguia me segurar.

— Essa dor não é minha responsabilidade — concluí.

Bati o pé e desci, deixando minha vó lá, sozinha. Estava muito bravo com aquilo tudo. Como podiam querer me jogar no meio da bagunça sem me consultar antes? Minha mãe já sabia de tudo, eu tinha certeza. Ela estava esquisita desde que tínhamos chegado. Ela já deve ter se metido nesse tipo de encrenca no passado ou não teria feito aquelas maluquices durante a viagem. Havia algo de muito estranho naquele lugar, e eu não estava a fim de descobrir o que era.

Segui bufando pelo gramado, fulo da vida. Vi que havia uma movimentação diferente por ali, uns furgões e minivans chegando e todo mundo olhando, mas não dei bola. Minha mãe estava lá, com uma xícara de café nas mãos, me vendo voltar enfurecido. O semblante dela passou da alegria pra dúvida.

— O que foi, filho? — perguntou, preocupada.

— Eu quero ir EMBORA! — respondi ao passar, seguindo direto pro quarto do meu pai.

Bati a porta com tudo. Naquele momento não me importava com mais nada.

Joguei a bolsa na cama; deu vontade de rasgar todas as capas de discos e quebrar tudo, mas não o fiz. Argh!

Eu só me deitei no colchão velho, mas acabei me levantando em seguida. Os veículos lá fora faziam um barulhão, decidi ver quem eram aquelas pessoas.

Segui pelo corredor e, parando à porta da salinha em que o corpo do vô estava, vi ao longe, pela janela, as pessoas que saíam dos automóveis. Vestiam roupas semelhantes, uns conjuntinhos em tons de cinza, os rapazes de camiseta de botão e calça social. Alguns mais fortões, de óculos escuros; as meninas, de saia e blusinha de gola. À frente, um homem alto, de cabelos grisalhos, queixo quadrado e barba de dois dias, com um crachá preso à altura do peito. Ele observava tudo com olhos esbugalhados. Os demais visitantes também pareciam curiosos a respeito dele. O homem ressoou, então, sua voz pulmonar e intimidadora:

— Alguém poderia dizer onde está a dona Isabel?

4

— Sai da frente, mãe. Deixa eu ver! — resmunguei. Quem eram aquelas pessoas? Quem era aquele cara do vozeirão ecoante? Estiquei o pescoço sem sucesso. O Luíde não parava de latir, e era um latido diferente, que me assustava.

— O que aconteceu, Oliver Júnior? Não acredito que você deixou sua avó sozinha lá em cima.

— Mãe, não tá vendo que eu tô fazendo outra coisa?

Só queria que me deixassem em paz, que saco. Mas minha mãe me deu um baita puxão de orelha! Sorte que ninguém notou na hora o meu grito tosco. Não tinha mais idade pra ter a orelha puxada. Precisava parar de assistir aos vídeos do Cellbit...

— Uma senhora de idade, recém-viúva, com dificuldade pra andar, Oliver Júnior...
Acho que corei quando me dei conta. Realmente, foi meio indelicado da minha parte, ainda mais em relação a minha vó.
— Se o seu pai visse isso...
— Ué, cadê ele? Sempre esse papo, que saco.
O Luíde não parava de latir. Passei por cima dos dois e fui lá fora entender o que acontecia. O cara esquisito ainda procurava a vó Isabel, que se aproximava devagarinho. Olhando com mais calma, deduzi que eram de uma dessas empresas enormes, porque em cada veículo havia uma logo bem grandona – os traços do planeta Terra todo prateado, parecendo girar, e ao lado estava escrito Silver Globe Inc. Eu tinha certeza de já ter visto aquela imagem em algum lugar, só não conseguia lembrar onde, de jeito nenhum.
— Pois não? — disse minha vó ao homem, esbaforida.
Percebi que deu uma olhadela pra mim, tão rápida que foi quase imperceptível – qualquer outra pessoa ali jamais faria ideia do que significava aquele olhar. Mas eu, sim.
O homem caminhou até ela, abrindo os braços num gesto de consolo:
— Meus pêsames, dona Isabel... — disse ao abraçá-la, meio desajeitado. Minha vó não parecia retribuir gesto.
— Humm — ela murmurou.

— O seu Manoel fará muita falta — disse ele. — Foi um homem como poucos.

— Certamente.

— Genuíno, fiel, ciente de seus ideais...

— Correto — respondeu ela, ainda monossilábica.

— Um parceiro único de negócios... Todos perceberam a forma como minha vó o encarava. Ela o observava em silêncio, a cabeça inclinada, aguardando que continuasse a falar.

— Sempre disposto a nos ouvir, a encontrar um meio-termo...

Havia algo de cativante naquele cara. Não sei se era o jeitão seguro dele, mas soava bastante persuasivo. A entonação de sua voz magnetizava a todos – era o discreto centro das atenções. Talvez fosse sua postura também. Parecia simétrico, equilibrado até o último osso. Olhando mais de perto, tinha a impressão de que a íris de seu olho era de um cinza penetrante, ora mais claro, ora mais escuro. O corte do traje meio executivo casual também lhe caía perfeitamente; com certeza era alguém meticuloso e que sabia alcançar seus objetivos.

— Uma pena que se foi, justamente quando chegávamos a um acordo de mútuo benefício... — ele prosseguiu. — São os percalços da vida.

O homem abraçou novamente minha vó.

— Grata pela consideração — ela respondeu, sem se prolongar, desvencilhando-se dele.

— O seu Manoel foi um guerreiro — insistiu ele. — Forte, firme, justo. Jamais nos esqueceremos dele.

— Há algo que eu possa fazer pelo senhor? — perguntou minha vó, impetuosa.

Ele acenou com a cabeça para os que o acompanhavam:

— Nós, da Silver Globe, gostaríamos de prestar nossas condolências e celebrar a vida e trajetória do seu querido esposo. Todos sabemos o quanto ele contribuiu para a região e queremos assegurar que o legado será honrado.

De uma das vans, saíram dois de seus funcionários, um rapaz e uma garota. Trouxeram até a vó Isabel uma cesta enorme, coberta com um plástico transparente e com um design bem bonito, futurista, cheia de mimos – pelo que vi tinha bastante, bastaaaante chocolate ali.

— O que é isso? — ela perguntou de um jeito ríspido, dizendo toda a frase num sopro.

— Apenas uma amostra do nosso sentimento...

Ela abriu a cesta e pegou um dos chocolates com a mão, levantando até a altura dos olhos.

Jogou-o de volta na cesta.

— Não! — disse, simplesmente.

O homem, atônito, ficou sem palavras.

— Com licença? — perguntou, admirado, depois de um momento de consternação.

— Aqui nós não consumimos esse tipo de comida, nem sei lá o que mais você tem aí.

— A senhora está recusando a nossa homenagem? — questionou o homem, como se sentisse ofendido.

— Olha, não me entenda mal, até agradeço a sua intenção, mas o senhor sabe muito bem como o meu falecido Manoel lidava com esse tipo de coisa. O senhor sabe muito bem.

— Mas, dona Isabel...

— Sem essa, senhor... — respondeu ela, enquanto tentava ler o nome no crachá.

Uma das garotas estendeu a minha vó uma revista dessas que sempre tem uns caras importantes na capa apertando as mãos. Naquela edição, era justamente o cara a nossa frente, de brações bem abertos e sorrisão largo, só que diante de um campo enorme de soja nafoto. Sobre ele, passava um avião engraçado jorrando... fertilizante, talvez.

— Meu nome é Deon — disse de um modo que pareceu ensaiado, uma apresentação oficial ou algo do tipo, mais ou menos como entregar um cartão de visitas com nome, telefone e cargo. Só que falado.

— Estou ciente — disse minha vó Isabel, sem dar muita importância.

— Eu gostaria de dar o meu último adeus ao seu Manoel — disse ele. — Onde está o cai...

— O caixão está lacrado — antecipou-se. — Não há nada a ser visto.

Ele digeriu a notícia, aceitando a recusa pacientemente, balançando a cabeça.

— Ok. Tudo bem.

Deon bateu os olhos em mim e na minha mãe, que estava mais ou menos perto dali. Veio direto na minha direção.

— Você me lembra alguém — disse ele. — Esse seu rostinho não me é estranho.

— O-oi? Co-como assim? — estranhei.

— Esse olhar meio perdido, mas curioso... Virou-se pra minha mãe, em seguida.

— Você também não me é estranha. Já não nos vimos antes?

— Com licença — interveio minha vó Isabel. — Estamos no meio de um velório. Por favor...

— Filho! Você é o filho... — continuou Deon, agitando afirmativamente o dedo indicador.

— É hora de vocês irem embora — disse minha vó, começando a ficar brava. — Agora.

Deon virou-se para um dos colegas, um troglodita careca com o tórax gigantesco, assim como os músculos do pescoço, e que se movia feito um gorilão. Havia outro homem parecido com aquele mais afastado, com os cabelinhos loiros e ralos, lambidos para o lado.

— Esse é filho do Oliver. Veja o nariz e os olhos... Inconfundível.

— Verdade — respondeu o troglodita.

— Por onde anda o Oliver? — perguntou Deon, voltando-se novamente para a vó Isabel. — Não veio se despedir do próprio pai? Ou o que dizem por aí é verdade?

— Do que você está falando? — perguntei pra ele, ofendido.

— Você não sabe? — perguntou, rindo. — Que seu pai perdeu tudo e está na sarjeta? Que a última vez que foi visto tinha gasto todo o dinheiro dele numa caça ao tesouro que não deu em nada? Que, deprimido, tentou a sorte no jogo do bicho e se afundou completamente? E que, mais deprimido ainda, conseguiu dever até as cuecas pra comprar bebida. Que ficou às traças por aí, bêbado, sem ter onde cair morto?

— Ele virou um espírito e assombra a floresta mais adiante.

Algumas pessoas assentiram, concordando com grunhidos. Deon riu novamente, debochado. Senti vontade de dar um soco na boca do estômago dele, mas...

1) Ele é muito maior e certamente mais forte que eu.

2) Eu não sei como dar um soco direito. Mas, só de imaginar a cena, quase me dei por satisfeito.

— Se eu estivesse nessa situação ridícula, também espalharia uma lorota dessas — continuou Deon. — Pelo menos justificaria a minha ausência.

— Seu imbecil — rosnei para ele.

Minha mãe não gostou muito de eu ter feito isso, pelo jeito.

— Ele teve a oportunidade de fazer da vida algo decente — prosseguiu Deon. — Mas se recusou, não soube aproveitar. Cada um com suas escolhas... Quem sabe hoje pudesse ter uma posição decente na sociedade? Ser alguém. Ter mais posses. Pelo visto, o filho também não bate muito bem da cabeça.

Abaixou-se a minha altura, o dedo em riste, batendo de leve com ele na minha testa, fazendo "tuc-tuc-tuc" na minha pele suada de irritação.

— Quando a hora chegar, você também vai dizer não? Encarei-o, bravamente, tentando me manter firme e não desviar de seu olhar intenso e intimidador. Entendi na hora que aquilo era um jogo de poder e que, se eu desviasse o olhar, perderia pra sempre. Ainda com o olhar em mim, Deon concluiu:

— Agora, se nos dão licença... — disse, dando uns passos para trás, de costas, vagarosa e teatralmente. — Até a próxima, dona Isabel...

Um sorriso malicioso se fez em seu rosto:

— ... Para finalizarmos o inevitável — concluiu.

Minha vó caminhou em direção a eles e parou de braços cruzados, pés fincados no chão, cara fechada, protegendo a casa.

Todos os presentes no funeral tentavam entender o comportamento deles, de olhos grudados no que ocorria.

Deu pra ver o tal do Deon levantando uma pranchetona com uma folha de papel cheia de desenhos, uns traços bem finos e milimetricamente simétricos, projetos pra algo que eu não conseguia decifrar o que era.

E bem quando ele abaixou a prancheta, deu de cara com a Bel ali, de frente pra ele, peitando-o também, joelhos firmes, ombros alinhados, queixo reto. Deon mal prestou atenção nela, seguiu reto, acompanhado pelos colegas. Poderia dizer que ela ficou num vácuo gigantesco, só não deu pena porque a Bel correu atrás dele e se impôs novamente à sua frente, fazendo-o parar.

Com a mão direita à frente do caminho, bloqueando o inimigo com um sinal de pare, Bel levava pendurado no ombro o conjunto de arco e flecha do quarto do pai.

— Espera aí! — gritou ela.

Deon riu.

— Quem é a fedelha?

— A fedelha que não vai deixar você à toa por aqui — respondeu Bel, com a voz bem alta e forte, chegou a me dar um sustinho.

— Dê meia-volta já! — exigiu ele.

Deu pra notar que Deon já a percebia de modo diferente naquele momento. Acho que se sentiu desafiado, principalmente diante daquele público todo.

— Veja o que temos aqui... — disse ele, admirado — ... a heroína do pedaço.

— Não há nada pra você aqui — disse Bel, com firmeza.

Ele avançou em direção a ela com um olhar ameaçador. Abaixou-se, o rosto perto do dela.

— Isso é só uma questão de tempo.

Deon devia ser umas quatro ou cinco vezes maior que a Bel, que permaneceu olhando nos olhos dele, cara de brava, apesar de levemente intimidada. Sabia que perderia a batalha caso algo ocorresse, mas não arredaria dali facilmente.

Fique calminha, fique calminha, pensei comigo mesmo, bem no fundo do meu ser, torcendo pra ela não inventar moda, não tirá-lo do sério por bobeira. Vai saber do que pessoas desconhecidas e atrevidas são capazes, né?

— Vocês não deveriam estar neste lugar — rosnou ela.

— Com licença? A porteira estava aberta — retrucou Deon, cínico.

— Pra vocês, não.

— Tarde demais, fedelha.

— Pare de me chamar de fedelha.

Deon, com o dedo em riste, agora fazia "tuc-tuc-tuc" na testa dela.

— Fe-de-lha.

Eu podia ver os átomos no rosto da Bel fervilhando de raiva, quase numa fissão nuclear, o globo ocular quase pulando pra fora do crânio. Coisa louca de ver, só faltava sair fumacinha pelos ouvidos.

Mas ela fechou os olhos e inspirou profundamente. Então, expirou. E inspirou novamente. Expirou e abriu os olhos, um sorriso muscular no rosto, a cabeça meio viradinha para o lado.

— Vá embora ou eu acabo com a sua raça.

Deon se calou por instantes. Seus colegas de trabalho se entreolhavam.

O "ha-ha-ha" silabado e carregado daquele mala estava começando a me irritar. Estavam agora todos eles, os capangas, os promotores e os normalzinhos rindo feito abestados. Deon estava até curvado para trás de tanto gargalhar.

Quando ele se descurvou deu de cara com a ponta afiada da flecha diante de seu rosto; o arco tensionado, com o cordão sendo puxado com firmeza por ela. Qualquer escapadinha ou movimento em falso e ele viraria espetinho.

Eu queria ter o poder de parar o tempo ao meu redor e dar uma passeada pelas expressões do pessoal naquele momento, principalmente pela de Deon. Aposto que se eu chegasse perto, bem perto mesmo, conseguiria ver uma gotinha tensa de suor escorrer por sua têmpora.

— Anda, vai embora. Agora! — gritou Bel.

Deon levantou as mãos, sinalizando rendição e trégua. Estava acabado. Só faltava ir embora vencido e cuidar pra não tropeçar nas próprias pernas no meio do caminho. Mas ele não fez isso – antes que a Bel pudesse perceber, Deon arrancou a flecha do arco com a mão direita. Com a esquerda, também se apossou do arco, armando-o diretamente pra Bel, que caiu de bunda no chão com o movimento abrupto.

— Sei bem de onde você é, querida. Como está o Joel? Será que ele vai gostar de uma visitinha nossa?

Ela se manteve ali, sem reação, completamente subjugada, à mercê de Deon. A única coisa que se movia era sua pálpebra esquerda, que tremia de nervoso. Ou talvez de raiva. Não sei. Um pouco dos dois, quem sabe.

— Ele ainda está obcecado com aquelas maluquices da pirâmide? — Deon falava com uma tranquilidade sádica, enquanto parecia respirar de modo consciente. — Ainda brinca de índio?

— Cala a boca! — gritou a Bel.

Com uma risadinha final, Deon abaixou o arco e a flecha e jogou o conjunto à frente dela, que só então conseguiu dar uma relaxada no corpo. Acho que todos ali também respiraram aliviados. Burburinhos por todos os cantos, mas ninguém pra peitá-lo. Apenas minha vó Isabel, que estava com o punho fechado, pronta pra briga. Porém, Deon deu as costas e se dirigiu com sua equipe aos veículos.

— Mande um abraço a ele! Diga que logo, logo, vamos nos encontrar! — disse, ao longe, acenando ironicamente.

Foram embora, deixando a cesta ali. Os letreiros da Silver Globe, colados nos furgões e nas vans, afastaram-se rapidamente de nós. Não se falou em outra coisa depois daquele susto.

— Caramba, que coragem! — eu disse pra Bel, correndo em sua direção, eletrizado pela atitude dela.

— Pelo menos não fiquei parada feito uma tonta.

— Credo, o que eu fiz pra você? — perguntei meio ofendido.

— Tudo bem, pra não ser injusta, gostei da hora quando você o xingou. Vi de longe. Eu não tenho certeza sobre o que eles vieram fazer aqui, mas coisa boa não era. Eles podem enganar aos outros; a mim, não. Se aqueles caras voltarem, e eu tenho motivos pra acreditar que voltarão, a coisa não vai ser fácil. Vamos precisar de muito mais do que xingamentos na próxima vez.

— Será que eles voltam? — perguntei, aflito.

— Esse tipo de gente não desiste até conseguir o que quer. Vão fazer de tudo pra conseguir o que querem. Eles não se importam com nada, são caras de pau, e ainda posam de corretos. Comigo, não.

— Bel, querida, vem tomar um suco de maracujá com a gente e se acalmar um pouco — disse minha vó, que chegou envolvendo a jovem pelos ombros, guiando-a até a casa.

Decidi ir até a Bel, de novo sentada lá fora, aparentando serenidade, desfrutando do finzinho de tarde. Não tardou muito e Luíde se juntou a nós, deitando-se com o olhar lá longe, a língua pra fora, ofegante.

— Preciso conhecer melhor tudo isso aqui — eu disse.

— Você se refere à fazenda? — perguntou Bel. — Vai escurecer em instantes, não é uma boa ideia.

— Não precisamos entrar na floresta. Só me mostra os arredores, pode ser?

— Tá bom — respondeu ela, dando de ombros.

Seguimos pela região, por uma estreita trilha de terra batida em meio ao campo vasto, deixando a casa pra trás. Pelo caminho, vimos principalmente vegetações baixas e médias, até chegarmos a uma mata mais alta e fechada, uma plantação extensa, com várias árvores alinhadas, que pareciam palmeiras, só que bem fininhas, tanto nos troncos quanto nas folhagens. O som que o vento fazia ao correr por elas era intenso, mas tranquilizador. Chegando mais perto, vi que as árvores davam uns frutinhos esquisitos, que pareciam uvas em um cacho espichado, com várias ramificações.

— Açaí — disse a Bel, quando viu que eu tentava entender do que se tratava. — Já comeu?

— Só *smoothie* — respondi.

— "Ismuti" o quê? Como assim?

— Uau, vou ter que providenciar isso pra você. Está perdendo!

À direita da plantação, lá no fundo, a mata ficava mais densa até se perder na vista.

— Pra lá começa a Floresta Amazônica de verdade — continuou ela. — Então, é bom não se aventurar muito naquela direção, a não ser que haja um bom motivo e você esteja preparado pra entrar no "modo sobrevivência".

Eu sou sempre o que se dá melhor no *survival mode*. No Counter-Strike, por exemplo, sou o que destrói a gurizada. Pensei em comentar isso com a Bel, mas acho que eu a deixaria meio impaciente.

— Cara, foi muito massa ver você peitando aquele povo estranho antes — eu disse, lembrando-me da cena. — Botou os caras pra correr.

— Pois é, mas o que eles fariam? Iam bater em uma adolescente? Eles precisam ver que há resistência. Se ninguém se impusesse, estaríamos dando sinal verde pra fazerem o que bem entenderem por aqui.

Seguimos pelo caminho de terra, que tomava direções distintas, subindo e descendo, indo pra lá e pra cá. Era uma jornada longa e um pouco cansativa, mas não chegava a ser exaustiva. Observar aquilo tudo enchia o meu peito de um jeito que ainda não conseguia decifrar. A cada passo eu ficava sabendo um pouco mais sobre Bel. Seus pais foram assassinados por madeireiros ilegais quando ela mal sabia caminhar. Desde então, era criada por um amigo da família, uma espécie de tutor, um homem sensível e cauteloso. É o tal Joel, que o Deon mencionou. Ela me contou também que, apesar de residirem em um vilarejo próximo, os dois consideram toda a natureza ao redor como lar e que ele passa boa parte de seus dias imerso na floresta em busca de algo que a Bel não soube muito bem como explicar – ou não quis, não consegui descobrir.

— Sozinho? — perguntei.
— Sim.
— O que ele faz lá?

— Eu sei que ele procura alguma coisa. Uma vez, mencionou algo sobre traduzir um documento... Ele nunca me explicou direito.

— Uau — disse eu. — Bem místico.

— Você não faz ideia. Esse lugar é poderoso e cheio de coisas estranhas e misteriosas.

Algo me fez acreditar de imediato. Talvez o pôr do sol eterno, que custava a fazer anoitecer, ali na nossa frente. Ou era eu que estava com a percepção do tempo dilatada?

— Por exemplo, olhe adiante — disse ela, apontando para o cume da subidinha cansativa em que estávamos naquele momento. Eu começava a sentir dor nas panturrilhas e uma secura na garganta.

— O que tem ali? — perguntei.

Continuamos a caminhada até alcançar o lugar. Era uma área bem larga e comprida, um quadradão cercado, com uma vegetação plural, vasta e verdejante, mas colorida ao mesmo tempo. No cantinho, uma casa com estruturas de arame e madeira ao redor.

— Essa aqui é a nossa horta comunitária, totalmente orgânica — explicou Bel.

Nunca fui muito ligado à natureza, mas, só de olhar a vastidão de comida que tinha ali, deu até água na boca.

— Aqui termina a fazenda dos seus avós — disse ela. — É onde começa o nosso vilarejo, logo depois daquela descida ali na frente.

— Massa — respondi meio besta.

— Pelo que eu sei, foi o seu avô que plantou os primeiros pés de alface aqui, já com a ideia de ajudar os moradores, que, na época, passavam por uma situação bem complicada, depois que os donos de uma madeireira da região foram embora sem explicações. Ficaram todos desempregados do dia pra noite.

— Os mesmos que mataram o seu pai?

— Não, os que o mataram eram criminosos até a alma, exploravam a floresta sem autorização do governo. Esses outros pelo menos tinham um papel assinado, dizendo que podiam destruir a floresta.

— Então — continuou ela —, de uma hora pra outra, dezenas de pessoas precisavam comer e não havia alimentos o bastante. Seu avô comprou comida de fora por um tempo. Enquanto isso, ia aumentando a horta, fornecendo terra, sementes e mão de obra. Aos poucos, os moradores do vilarejo aderiram. Hoje, essa é a nossa principal forma de sobrevivência.

— Caramba! E nunca falta nada?

— Nunquinha — garantiu Bel. — Quer dizer, temos que cuidar e planejar de acordo com a época do ano e tudo mais. As coisas não acontecem sozinhas, nunca. Precisamos nos manter atentos.

Era uma senhora horta. Só de passar o olho vi que tinha tomate, alface, beterraba, batata, pimentão, cenoura, milho, melancia, abóbora e sabe-se lá mais o quê.

— Vamos, venha! — disse ela. — Quero te mostrar lá dentro... Tem geleias deliciosas que fazemos com o que sobra.

Eu já estava imaginando toda aquela comida no meu estômago quando um estrondo gigantesco começou ao longe. Nós nos assustamos e nos viramos pra ver o que era. Vinha do vilarejo. Percebi de imediato que se tratava de fogos de artifício. Os cachorros da vizinhança latiam de medo daquela barulheira. Mesmo com o susto, não dei muita bola na hora. Afinal, perto de casa, na cidade, tinha rojão depois do jogo quase todo domingo. Mas a Bel já ficou alerta, como se tivesse reativado o "modo guerreira". Ela correu até uma rocha, na parte mais alta ao lado da horta, sacou o binóculo e mirou ao longe:

— Aaaah, não acredito! — exclamou.

— O que foi? — perguntei, assustado.

Com esforço, subi na rocha também e, com a minha falta de jeito, esfolei a palma da mão. Olhei pelas lentes do binóculo e observei o pessoal da Silver Globe estacionar e montar barraquinhas à beira do vilarejo, todos sorridentes e acinzentados, sob olhares curiosos dos moradores.

Descemos da rocha e também uma parte da ladeira.

— E agora? — perguntei, curioso pra saber qual seria a reação dela.

— Agora acho que nada será como antes.

5

Eu não tinha mais controle sobre as pernas, que desciam a pequena ladeira até o vilarejo no piloto automático, levadas pela gravidade, quase aos tropeços. Tentava alcançar a Bel, que, determinada, parecia disposta a avançar sobre os intrusos.

— Você está doida, menina? — perguntei ofegante.

— Não quer vir junto — disse ela, julgando-me —, volte pra mamãe.

A verdade é que eu queria muito voltar, mas fui tomado por uma coragem inexplicável. Decidi acompanhá-la, mas queria fazê-lo de um jeito mais estratégico.

— Não é melhor traçarmos um plano? Chegar de fininho, talvez?

— Vai ser do meu jeito, Oliver.

Alcancei o braço dela e a segurei pelo pulso, o que, pelo olhar que me deu, não a agradou. Realmente, não era algo muito gentil a se fazer – e vou me lembrar de nunca repetir –, mas as nossas vidas estavam em jogo.

— Tá bom, tá bom — apressei-me em dizer, levantando as mãos como quem se rende, pra evitar conflito.

— Só peço pra irmos com calma, Bel.

Peguei o binóculo do pescoço dela e observei a movimentação outra vez. Eu não conhecia o vilarejo, mas, pelo que vi, eram aproximadamente trinta casas espalhadas por uma área plana e espaçosa, sobre um chão que mais parecia um tapete natural e fofo. Aquele gramado era cheio de vida. Aliás, tudo ali pulsava e exalava um perfume natural, que me enchia o peito (apesar de eu não conseguir desfrutar disso naquele exato momento). Havia bastante lugar pra caminhar por entre as casas, e os poucos carros da região ficavam mais afastados, numa espécie de estacionamento imaginário, mais ao norte. Em sua maioria, as casas contavam com canteiros floridos, plaquinhas fofas com o número e caixas de correspondência. Os veículos da Silver Globe estavam parados em uma pracinha central, que tinha um balanço, uma gangorra e um escorregador de madeira, além de um cercadinho de areia e um campinho de futebol com duas traves improvisadas. O momento não era apropriado, mas confesso que me ocorreu a ideia de brincar ali quando amanhecesse.

Os rapazes bombados e as garotas bonitas terminavam de montar uma estrutura de metal, que logo se revelou uma tenda, dessas que se leva pra praia quando se quer tomar cerveja e comer churrasco a tarde toda. Um dos caminhõezinhos tinha um toldo, e logo alguém abriu uma de suas laterais. Era tipo um *food truck*.

— O que você pretende fazer? — perguntei a Bel, que tirou o binóculo das minhas mãos e me analisou como se fosse a espiã mais secreta da Inglaterra.

Antes que ela pudesse responder, uma música alta começou a sair das caixas de som de um dos carros. Não demorou muito pra que eu me incomodasse com o barulho irritante.

— Eu só não me mato porque vou matá-los antes — rosnou Bel, com sangue nos olhos.

— Não sejamos extremos... — argumentei.

— Se eu não fizer nada, tudo vai mudar!

As primeiras pessoas da vizinhança começavam a se aproximar. Curiosas, algumas olhavam pela janela; outras seguiam com suas vidas, indiferentes.

— Não acredito que o seu Tobias tá de papo com esse povo! — disse Bel, indignada.

— Mas nem conversar eles podem? — tentei relativizar.

— Você não entende o que está acontecendo? Primeiro eles seduzem. Depois que estamos fisgados, passam a perna na gente. Aí não tem volta.

— Tudo bem — eu disse. — Mas eles não têm o direito de escolher por si se querem ou não o que esses caras podem oferecer?

— Seria ótimo se todos tivessem consciência das consequências de uma decisão dessas, mas, infelizmente, não é assim — respondeu Bel. — Essa região não existe há milhões e milhões de anos pra de repente virem uns manés e fazerem o que bem entendem dela.

— Mas o que essa floresta guarda de tão especial? É a tal pirâmide?

— Não sei — respondeu monossilábica.

— Me deixa ir até lá antes, então — sugeri a ela. — Vou de fininho enquanto você fica de prontidão. Caso aconteça algo, você dá uma flechada neles ou sai gritando, sei lá.

Ela relutou por alguns instantes.

— Tudo bem, Oliver. Acho um bom plano.

Descemos o restante da ladeira agachados, tentando nos esconder atrás das árvores finas e esparsas daquele trecho. Lá embaixo, a quantidade de pessoas aumentava, várias crianças corriam até a tenda. Bem perto dos veículos, consegui enxergar os dois brutamontes de antes. O que eles eram? Seguranças? Estavam sentados num canto, sérios, parecendo aguardar tudo terminar pra que pudessem voltar para casa com os bolsos cheios de dinheiro. Mas nada de Deon. Eu me levantei, contando a Bel sobre o que especulava.

Foi duro perceber que me esforcei pra convencê-la em vão. No instante seguinte, ela já caminhava decidida até eles, sem nem se preocupar em ser repreendida ou qualquer coisa do tipo.

— Olá, mocinha! O que você deseja? — perguntou uma jovem sorridente e uniformizada. Bel passou reto por ela, olhando pra lá e pra cá, tentando ficar a par do que acontecia e à procura de algo que satisfizesse sua vontade de expulsar os inimigos. Mas não havia nada que justificasse essa reação, aparentemente.

— Onde está o cara de cabelo cinza? — perguntou ela, voltando-se para a jovem promoter.

— Cara? — questionou a moça.

Com um sorriso falso, visivelmente irritado, ela prosseguiu:

— Não sei, querida. Mas, se tiver alguma dúvida ou sugestão, pode ligar para o nosso atendimento ao cliente ou acessar a nossa página na internet.

A jovem entregou um cartão pra Bel, que sequer esboçou uma reação. Então acabei pegando-o, para evitar um constrangimento maior.

Aquela música horrorosa não parava de tocar, e eu queria disfarçar meu incômodo, mas provavelmente não estava conseguindo. Sentia meu rosto implodir, os braços inquietos, aquela agonia que só crescia. Pelo amor dos céus, por que ninguém desligava aquela coisa?

Meio atordoado, me perdi em pensamentos por alguns instantes. Quando recobrei os sentidos, lá estava Bel, dando um minissermão nos moradores que prestigiavam aquele evento.

A essa altura eu já sabia que não ia adiantar me meter. Bel estava decidida, tinha uma missão bem clara e a seguiria até o fim. Já eu, sei lá, estava ali e concordava com ela, entendia o seu ponto, mas, ao mesmo tempo, achava que eram como eram. Quantas pessoas havia no planeta? Como poderia controlar todas elas? Suas vontades, decisões, pontos de vista, tudo. Eu mal entendia o que se passava ao meu redor.

Mas, também, aonde esse tipo de pensamento ia me levar? Será que esse conformismo não poderia me prejudicar lá na frente? É tanta coisa que acontece todos os dias – eu, pessoalmente, não era muito fã de ficar atrás de notícias o tempo todo, mas de vez em quando acabava aparecendo algo no YouTube ou no Facebook, e, nossa, parecia que o mundo era muito mais gigantesco do que realmente é. E olha que ele é enorme. Havia milhares de anos que andávamos sobre a superfície da Terra, vivendo dia após dia, seguindo sempre adiante, convivendo uns com os outros sob as mais distintas circunstâncias. Como conciliar tantas ideias, tantas vontades, tantos objetivos? É como dizem: cada pessoa é um universo. Mas e quando universos se chocam? O meu é que não ia querer se chocar com o da Bel, pelo menos não enquanto ela empunhasse aquele conjunto de arco e flecha sinistro. Será que sabia mesmo atirar com ele ou era só blefe? Suas mãos pareciam bem firmes. Pensei em pedir para que ela me ensinasse qualquer hora.

Só sabia que precisava sair dali o quanto antes. Puxei a Bel pela camisa umas três vezes antes de ela me dar atenção. Já havia conseguido convencer uns três ou quatro moradores a não entrar naquela tenda. Como punição, recebi olhares bem incômodos dos promoters. — Vamos? Vamos? — insisti. — Não dá, Oliver! — respondeu a Bel. Saco. E agora? Mais um pouquinho e eu não conseguiria voltar sozinho, ia acabar me perdendo naquela escuridão doida. Peguei uma garrafinha de água para beber no caminho, disse tchau de um jeito meio tonto e dei meia-volta.

— Tá maluco? — disse ela, dando um tapa na minha mão que fez com que eu derrubasse a garrafa aberta no chão. — Tem uma torneira que você pode usar ali na horta.

Eu não discuti e segui meu caminho. Subi a ladeira, devagarinho e ofegante, sem a pressão de espionar uma corporação multinacional. Alcancei a horta. Pensei em seguir reto, ir direto pra casa da vó Isabel, mas não dava mais pra adiar o fim daquela sede. Caminhei por entre os corredores naturais à procura de uma torneirinha e, assim que encontrei uma minifonte, me refresquei por completo. Senti o peito se expandir com aquela vitalidade.

Fiquei descalço e, no silêncio dos grilos, pássaros e árvores, deixei a energia da terra subir por mim. Encontrei um pé de goiaba e roubei uma fruta, sem culpa, mas confesso que tive um pouco de dificuldade pra mordê-la. Ali, sentindo o gosto puro e doce da fruta, começava a compreender a Bel. E me sentia mais perto do meu falecido avô.

Renovado, respirei profundamente uma última vez antes de me levantar e voltar pra casa da minha vó. Achei bem maneira a calma que me deu, junto com uma melancolia, talvez pela solidão no crepúsculo, tão belo e passageiro. Sentia até que o cheiro do meu corpo estava diferente, um suor com odor de terra, como se eu tivesse deitado ali e rolado de um lado pro outro, feito um cachorrinho feliz com a liberdade de apenas existir no momento presente. Será que era assim que meu vô se sentia dia após dia? Como lidava com as responsabilidades que a natureza impunha? Eu só sabia que os grilos e as cigarras voltavam a cantarolar incessantemente e que, em breve, eu serviria de banquete pros mosquitos amazônicos. Passei pela porteirinha da horta e segui estrada acima, forçando cada vez mais a vista à medida que a noite caía vagarosamente. Acostumado com o brilho intenso e hipnotizante das telas de computador e celular, eu achava curioso estar ali quase sozinho, com o Universo se acendendo diante dos meus olhos, com as estrelas tão longínquas ganhando força e a Lua, que subia no horizonte, rebatendo a luz distante que vinha do astro maior na outra ponta do Sistema Solar.

Será que em algum outro ponto da nossa galáxia havia outro jovem caminhando solitário pela natureza local, pensando exatamente como eu?

Pensei, então, que seria bom pedir desculpas pra vó Isabel. Será que ela ia me entender? Não queria ter reagido daquela forma. Na verdade, não havia justificativa pra ter sido tão grosso e estúpido. Oxigenar a mente nos mostra como reagir no impulso pode ser prejudicial. Se eu tivesse prestado atenção nas coisas como elas eram, e não em como eu achava que eram, poderia ter me comportado melhor. A gente se confunde demais. Percebia que nem tudo girava ao meu redor, mas já tinha magoado minha vó. Quem sabe, se eu conversasse e fosse carinhoso, tudo se ajeitasse?

Olhando para meus pés tocando o chão de terra, demorei a perceber que algo esquisito acontecia ao longe. Foi só quando um cheiro forte de madeira queimada entrou pelas minhas narinas que me dei conta da gravidade da situação. Voltei o olhar pra linha do horizonte e vi o clarão avermelhado que tremeluzia além da pequena colina pela qual eu retornava.

Caramba, pensei. O que estava acontecendo? Sou meio perdido geograficamente, mas algo me dizia que aquilo vinha da casa da vó Isabel. Corri desajeitado, desesperado e ofegante, fazendo paradinhas pontuais pra recuperar o fôlego. O maldito sedentarismo me atacava novamente. Não demorou muito para que eu sentisse outro tipo de dor.

Os uivos de Luíde ecoavam diante de uma grande árvore, que ardia em chamas intensas. A copa já estava envolta por um fogo infernal, crepitante e incandescente. De longe não conseguia enxergar mais ninguém ali, só o lobo-guará, que andava em círculos, tentando sem sucesso se aproximar da árvore. O bicho estava frustrado e desesperado, assim como eu, que tirava forças do fundo dos pulmões pra continuar correndo. Sentia um rasgo no peito e mal conseguia manter o tronco ereto.

— Não, não, não! — protestei nervoso, como se de alguma forma fosse fazer o incêndio se apagar e quem sabe trazer meu avô de volta pra tomar conta daquela situação e deixar todo mundo tranquilo e seguro.

Mas era apenas eu e Luíde ali.

Onde estavam minha mãe e minha vó naquele momento?

Corri enlouquecido até a casa, a distância parecendo maior a cada passo que eu dava, o suor escorrendo pela testa, pelos braços, por entre os dedos dos pés.

A fumaça estava por toda parte, inclusive dentro da casa. Gritei por elas. Vasculhei cada cômodo, e o vazio me sufocava mais que as toxinas no ar. Me deu um baita alívio quando percebi que o fogo não tocara o casebre.

— Vó Isa? Mãe? Alguém? — eu gritava, do fundo dos meus pulmões, mas eu mesmo não conseguia me ouvir naquele caos infernal. Nenhuma mísera alma por perto pra ajudar, ninguém pra se sentir tão apavorado e impotente como eu.

Ninguém.

Encarando atônito a árvore em chamas, que havia pouco estava tão saudável e forte, eu me ajoelhei no gramado, as lágrimas vertendo incansavelmente, uma dor que eu não estava preparado pra sentir, uma dor que me surpreendia.

— Vô Manoel? — gritei, arrebentando a garganta.

— Vô! Me ajuda!

Tombei pra frente, abraçando o chão terroso e perfumado, meu choro se infiltrava no solo, transformando-o em lama, uma poça larga e cada vez mais espessa. Em minhas costas, a tromba d'água que vinha dos céus batia com força. Virei-me de barriga pra cima e do alto via cada partícula cair, pesada. Começava a chover forte, não demorou muito para o incêndio enfraquecer. E ali estava eu, ensopado, presenciando diante de meus olhos a batalha da natureza. Em questão de minutos, a árvore recuperou a paz, mas uma paz sombria, de galhos nus, carbonizados. A chuva cessou junto com o fogo e o calor deu lugar ao frescor da noite.

As coisas acontecem de maneira estranha às vezes. E se eu não tivesse gritado pelo vô, será que ainda assim teria chovido? Foi coincidência ou alguém me ouviu? Foi ele mesmo quem me ajudou? Não era possível, isso desafiava muito a minha percepção das coisas. Não acreditava muito no sobrenatural, em destino ou qualquer coisa do tipo, mas, ao mesmo tempo, parecia que havia algo de diferente naquele lugar. A floresta nos ouvia? Será que ela realizava os nossos desejos? Onde estava minha vó pra me explicar tudo? E minha mãe?

Era muito ruim sentir o coração pulando pela boca. Parecia que eu ia explodir, que as coisas deixariam de existir e que tudo era por minha culpa. Por que aquilo aconteceu? De onde vinha?

O som das últimas gotas no chão deu lugar ao da brisa gélida, quase um sopro mortal, que me fazia pressentir o pior. Um silêncio assombroso, total, por toda a floresta. Deu até um minipânico. Pra onde eu correria naquele vazio? Estava cada vez mais escuro e nada de luz elétrica na casa. Pra piorar, o vento batia na minha pele gelada e me fazia tremer por inteiro, do queixo ao calcanhar. Pegar uma pneumonia a uma hora daquelas seria péssimo. Corri para o nosso carro, estava no mesmo lugar com os vidros abertos. Vasculhei a bagunça e encontrei a minha mala. Nela, peguei a primeira calça que vi – na verdade não enxergava nada, mas conhecia muito bem a textura daquele jeans áspero e resistente, com uns rasgos no joelho da vez em que tentei andar de skate. Encontrei também a velha camiseta verde-musgo, com uma ilustração daquelas cabeçonas da Ilha de Páscoa, os Moais, além de uma jaqueta de couro falso marrom, mas com um forro bem resistente.

Fiquei ali, peladão, secando-me com uma blusa de algodão peludinha pra me aquecer de alguma forma, até me vestir logo em seguida. Por sorte, encontrei também minhas meias pretas, que eram bem grossas, e uma botina de fivela. Ainda estava congelando, mas já era um alento.

Dei uma última chacoalhada nos cabelos, que escorriam pela testa, para deixá-los menos congelantes e voltei a percorrer a casa, afobado. No quarto do meu pai, tive a sorte de me lembrar da mochila com a câmera e a tal pedra esquisita e de um lampião velho que tinha visto. Conseguindo enxergar alguma coisa, voltei até a salinha do funeral e levei uns bons segundos para me dar conta de que o caixão do vô Manoel não estava mais ali. Não sabia se essa ausência representaria também algo misterioso e místico ou se, sei lá, os agentes funerários tinham apenas levado o corpo embora. Uma das estruturas de ferro que seguravam o caixão permanecia ali, tombada, o que achei bem estranho, pois parecia resultado de algo feito às pressas. Saí pela porta e ouvi um arrastar de coisas no chão, junto com uns gemidos doloridos. Forcei a vista, a luz do lampião estava fraca e iluminava bem pouco. Estava solitário e caminhei com certa cautela, apesar de avistar Luíde ainda próximo à árvore. Queria que estivesse ao meu lado, para me proteger ou ao menos fazer com que me sentisse mais corajoso. Pensei em assoviar pra ele, mas não queria chamar a atenção. Dei uns três passinhos em direção ao som, hesitante, tentando não deixar o medo crescente tomar conta de mim a ponto de me desesperar.

— Me ajuda... — disse a voz fraca que vinha de um vulto encolhido no chão, tentando se levantar.

A figura tentava se levantar, mas não conseguia, parecendo estar ferida.

— Q-q-quem está aí? — perguntei, percebendo-me despreparado por não carregar um conjunto de arco e flechas, como a Bel.

— Eu não consigo... — respondeu.

Cheguei um pouco mais perto, devagarinho, meio agachado e na defensiva, pronto pra dar um chute ou tacar o lampião na cabeça do bandido, caso se engraçasse pra cima de mim.

O vulto cresceu, dobrando de tamanho. Ele se aproximava nas sombras, enquanto eu recuava uns passinhos, só por garantia. Finalmente o avistei diante da luz do luar e não consegui acreditar. Era a vó Isabel. Corri até ela para ajudá-la a se manter de pé. Conduzi-a até um banquinho próximo.

— Pelo amor de Deus! O que aconteceu, vó?

Ofegante, ela permaneceu ali, as mãos apoiadas nos joelhos, um machucão feio na cabeça. Tentava recobrar os sentidos.

— Eu... não... sei...

— Como assim? Caramba! A senhora não está bem...

— Foi tudo muito rápido... — explicou, com esforço.

— Quem fez isso, vó?

Dava pra ver que estava atordoada. O olhar parecia zonzo, meio vazio. Ela precisou de mais alguns segundos para se recompor. Gesticulava enquanto falava, com esforço, tentando trazer as memórias de volta.

— Eu estava ali, ó! — disse, trêmula, apontando pra perto de onde o caixão estava. — De repente, ouvi o povo todo meio inquieto. Eu me virei e então um clarão e um estouro enorme fizeram todos se assustar. Nessa hora, caí e dei com a cabeça na quina do caixão do seu avô. Aí, acho que apaguei.

— Tenta se lembrar de mais alguma coisa, vó! O que aconteceu depois? Cadê minha mãe?

— Não sei. Ouvi uma gritaria. Algumas pessoas correndo, mas aí ficou tudo escuro novamente e, quando voltei, percebi que a árvore estava em chamas...

— Calma, vó. Onde eu posso pedir ajuda?

— Você vai ter que ir lá na vila — respondeu.

— Não posso deixar a senhora sozinha aqui. Que luzes eram essas?

— Não sei... Por um instante, achei que era um espírito do mal.

Respirei, digerindo aquilo, tentando interpretá-la.

— Espírito do mal? Sério? — perguntei, sem saber se estava delirando. — Minha mãe foi levada por um espírito do mal, é isso que você está dizendo?

Ela me olhou fundo nos olhos e dava para notar que ainda estava atordoada. A ferida na cabeça era bem feia. Ela não estava nada bem... Como eu descobriria onde minha mãe estava? Teria ido pedir ajuda? Não sabia o que fazer. Fiquei com a vó, mas vasculhava o descampado com os olhos, em busca de uma pista.

— Acho que... chegou a hora de eu ver... o seu vô — ela disse, bem baixinho.

— Não, vó. Vai ficar tudo bem!

Senti o peito inflamando como as chamas que queimaram a árvore. Meu coração batia acelerado. Não acreditava na possibilidade que a minha mente construía pouco a pouco, de que eu veria minha vó morrendo.

— Não se preocupe, Oliver. Tudo vai ficar bem — disse, com semblante mais leve.

— Você não vai morrer, vó! — protestei, abraçando-a de olhos fechados, não queria acreditar que aquilo estava acontecendo.

— Oliver... — prosseguia ela, quase sem ar. — Proteja a ilha e não deixe que achem o portal.

— Que portal, vó? — perguntei, aflito, sem coragem de olhá-la nos olhos. Tinha medo de soltá-la. Queria que ficasse comigo naquele abraço. As lágrimas começaram a correr pelo meu rosto enquanto notava que sua respiração ficava cada vez mais fraca. O corpo dela começava a amolecer. — Não, vó... Fica comigo, por favor! Fica comigo... — disse, ainda abraçado a ela, acariciando seus cabelos, até perceber que ela não respirava mais.

Eu nunca tinha visto uma pessoa morrer. Não pude acreditar que aquilo tinha acabado de acontecer. Ao mesmo tempo, eu temia pela minha mãe. Tentava não pensar em tudo ao mesmo tempo... Bateu uma mistura de desespero e solidão. Aquilo mexeu com cada célula do meu corpo, conseguia sentir isso. Corri até o gramado, onde Luíde uivava e, acompanhado por seus uivos, gritei:

— Deeeeeon!

6

Um som difuso e crescente me deixava inquieto no fundo da consciência. Senti a perna tremer involuntariamente, parecia que um fio invisível me puxava pelo dedão do pé e tudo começava a formigar. Algo em meu rosto fazia cócegas, uns latidos eram abafados debaixo d'água, os fios de cabelo faziam redemoinhos em meu couro cabeludo, todos ao mesmo tempo, em uma dança irregular e precisa. Eram mil sensações ao mesmo tempo e eu não entendia nada.

Acordei de verdade num pulão assustado quando um baita helicóptero blindado passou com as hélices dilacerando o ar acima de mim. Luíde começou a latir enlouquecidamente. As luzes do holofote pareciam atravessar o interior da minha cabeça, de tão fortes, pensei que ficaria cego. A aeronave voava baixo e de forma ameaçadora. Passou por nós feito um tanque de guerra com propulsão de foguete espacial.

Olhei para o lado e percebi que tinha desmaiado perto da vó Isabel. A pele de seu corpo parecia informar que ali não havia mais vida, que ela não se mexeria de novo como há poucas horas. O brilho de seu olhar tinha se esvaído... mas pra onde? Eu ainda não estava acreditando. Peguei um lençol, que ela mesma tinha bordado, e cobri o corpo.

Virei para o lado quando percebi que o latido de Luíde se afastava aos poucos. O danado estava correndo atrás do helicóptero, que sobrevoava a mata e logo entraria num corredor de árvores úmidas e sinistras, no ápice da escuridão da madrugada.

Meu tempo de indecisão não deve ter durado mais que cinco segundos, mas se dilatava em minha mente porque eu pensava em mil variáveis sobre aquela situação. Me decidi instintivamente logo em seguida. Não sei se estava certo ou se havia me tornado imprudente, mas algo mais forte que eu me movia naquele momento.

Minha mãe precisa de ajuda.

Olhei em volta, o corpo da minha vó, a árvore queimada, a casa vazia, carros e motos abandonados, tudo sob uma fina camada de luar. Decidi sair correndo. Não pra longe de mim mesmo e dos meus problemas, mas atrás do helicóptero. Não dava para pensar direito.

Levantei-me atrapalhado, meio cambaleando e meio firme, coloquei a mochila nas costas, alcancei o lampião apagado. Já tinha quase perdido Luíde de vista, os passos apressados. Vê-lo correr destemido daquele jeito fez ecoar de novo o sermão da Bel. Será que ele também era capaz de refletir minimamente sobre o que estava acontecendo? Era instinto? Talvez sua coragem fosse inata, fizesse parte de cada célula de seu corpo. Quem dera eu pudesse ser assim também... Será que poderia? Afinal, estava correndo.

Deixei a casa pra trás mais uma vez, agora em outra direção, sentindo cada vez mais forte a distância entre o helicóptero, Luíde e eu, obviamente o mais lerdo dos três.

Espero não me arrepender, pensei, à medida que chegava perto do matagal. Tentei não me assustar muito com a situação, que se fazia mais real a cada passo que eu dava, de que estava me enfiando no meio da Floresta Amazônica, sozinho, sem praticamente nada comigo, sem saber do paradeiro da minha mãe, numa ilha que devia ser cercada por crocodilos e bichos gigantes e mosquitos assassinos. Senti até um frio na espinha ao perceber que entrava naquela umidade gélida e sugadora de coragem de meninos assustados. Que horas eram? Por quanto tempo eu tinha permanecido apagado? Torcia pra estar próximo da aurora, mas já percebia que de nada me adiantaria pensar nisso naquele momento, prestes a perder o lobo ruivo de vista.

Foi só botar o pé na trilha que confirmei: seria mesmo um caminho bem tortuoso. Ainda bem que não estava descalço, ou, pior, de chinelos, senão tropeçaria mais que o habitual. Foi como ter passado por uma membrana: a densidade do ar mudou, o cheiro mudou, os sons mudaram, a temperatura mudou. Só o meu desespero continuava o mesmo, mais uma vez me testando, quase me derrubando. Pisava em falso de segundo em segundo, torcendo pra não torcer os pés por acidente, forçando a vista pra tentar decifrar algo em meu caminho. Praticamente não conseguia mais ouvir os latidos de Luíde, enfraquecidos e quase fantasmagóricos agora. O trambolho do lampião balançava e fazia um barulhão doido, parecia que ia desmontar a qualquer momento. Com a outra mão, alcancei a caixinha de fósforos no bolso da jaqueta. Senti os poucos palitos nela, pensando em como faria pra acendê-los sem perder tempo no meio daquela afobação toda. Eu tinha que dar um jeito. Corri mais um pouco e, como nada me veio à mente, tive que parar, colocar o lampião no chão, abrir a portinhola, pegar a caixa de fósforos no bolso, encontrar na escuridão um palito virgem, friccioná-lo na caixinha sem quebrá-lo e manter a chama acesa até o pavio no lampião. Na minha cabeça, fiz tudo isso como aqueles caras no *pit stop* da Fórmula 1, megaprecisos e ágeis. Mas ainda não era um profissional. Ou seja, ao parar, caí de joelho em cima de uma raiz sobressalente, o lampião tombou no chão e quase quebrou, a portinhola emperrou, pensei ter molhado a caixinha de fósforos, deixei dois caírem na terra úmida e quebrei um terceiro ao tentar acendê-lo, mas, enfim, cobri a chama com a mão – meio trêmulo, confesso – e dei um jeito. Deu vontade de comemorar aquela pequena conquista, mas, tão logo a luz aumentou, lembrei que estava ficando pra trás.

— Luíde! Luíde! — gritei, perdendo o ar de novo logo que recomecei a correr.

Devo ter respirado da maneira mais errada possível porque meus pulmões pareciam estourar. A chama não ajudava muito a enxergar a distância, e sentia falta de uma lanterna, mas tive certeza de ter visto um pontinho vermelho se movendo lá na frente. Então dei um jeito de ignorar a dor e dar um gás ainda maior na corrida.

— Luíde! — insisti, pouco antes de perceber que nem mesmo o som do helicóptero ecoava mais ali.

Eu estava pra trás. Bem pra trás.

Uma luz fraca e avermelhada reluzia nos troncos mais próximos. O caminho pelo qual eu entrara parecia ter se afunilado – quantos metros eu tinha corrido? Olhei pra trás e não vi mais nada além de tons escuros entre escuridões ainda mais negras. Na real, só de virar o pescoço, tinha perdido a referência de onde eu estava em relação a Luíde. O caminho sumira, eu estava simplesmente no meio do matagal, rodeado por sei lá quantas centenas de espécies de árvores e plantas distintas, algumas provavelmente sequer catalogadas. E quantas delas venenosas?

Cri. Cri. Cri.

Ninguém me ouviria ali, por mais que gritasse. Paralisei de pavor. Estava tentando não deixar o medo me dominar, mas estava sendo bem difícil. Queria sair correndo, dessa vez pra fugir mesmo, bater perna desesperadamente até um responsável me resgatar, me proteger. Mas os adultos não conseguiam nem se proteger deles mesmos, pelo visto.

O caderno! É claro, podia haver nele um mapa ou algo assim. Olhei ao redor, preocupado com o som dos animais noturnos à espreita, prontos pra me abocanhar se eu ficasse ali de bobeira. Abri a mochila e folheei o diário com cuidado – se eu não prestasse atenção, acabaria me afobando e rasgando tudo. Iluminei-o, mas os rabiscos não me diziam nada. Eu via frases em outras línguas, desenhos de corredores, salões, escadas, uns baús (ou algo parecido), uma ponte e uma pirâmide, mas nada de árvores. Aquela solução se revelava inútil pro meu problema gigantesco. Bom, pelo menos rolou uma esperança por uns breves instantes.

Apertei os cadarços dos tênis e caminhei tímido e cauteloso pelo emaranhado de raízes que saltavam irregularmente do solo, às vezes até enfiando o pé numa poçona de terra molhada. Queria chamar pelo Luíde novamente, mas não sabia se devia, algo me dizia que ele não me ouviria naquele momento. Será que estava bem? Imaginava que devia transitar com facilidade pela região, fosse por instinto, lógica ou memória. Apesar de manco, o danado corria feito um raio. Um animal tomado por sua natureza é sempre uma criatura obstinada mesmo.

Splat!, fez minha palma da mão ao dar com tudo na minha bochecha logo após eu sentir uma picada dolorida de mosquito. Aliás, precisava ter sete mãos extras pra dar conta de tanto bicho me atazanando e me tirando pedaços. Recolhi minhas coisas e pensei, *se correr mais rápido que os insetos, vão me deixar em paz*. Até que deu certo por um tempo, mas eu continuava sem saber pra onde estava indo. Segui reto na esperança de ter escolhido a direção correta, mas tive a impressão de passar pela terceira vez pela mesma árvore. Pra falar a verdade, não tinha como saber se estava andando em círculos ou não. Não fazia diferença, estava completamente desorientado.

Olhei para o alto buscando a lua ou as estrelas, algo que pudesse me guiar, ou quem sabe me dizer as horas, mas as folhas se misturavam em várias alturas, movendo-se com a brisa, bloqueando o céu, que já nem parecia existir, transformado em uma abóboda da natureza, que me trancafiava naquele labirinto claustrofóbico e inescapável. O frio me torturava mais e mais conforme a noite se aprofundava. Minhas roupas não davam conta de me aquecer, nem de me fazer deixar de ser uma presa fácil. Tudo o que eu desejava era que os primeiros raios da manhã alcançassem a Amazônia e me mostrassem, literalmente, alguma luz.

Tateei com dificuldade os arredores, a luz do lampião enfraquecendo com a rapidez dos meus movimentos, e dei mais uns passos até encontrar um cantinho por entre duas enormes árvores quase grudadas, onde eu cabia agachado. Me encolhi ali, abraçando as pernas, sentindo frio até na espinha, tirando a tapinhas as formigas que subiam pelo meu rosto. Senti que o pavor passava quando comecei a cambalear a cabeça de um lado pro outro, o sono voltando. Com o que será que eu sonharia ali? Será que com a floresta? Preferia mesmo é descansar, tirar aquilo tudo da cabeça, pra acordar renovado, quem sabe com alguma resposta.

Forcei os olhos para que continuassem abertos. Peguei a câmera para tirar uma foto com flash e enxergar melhor onde eu estava, mas a luz me deixou cego por alguns segundos. Em seguida, fiquei com medo de visualizar a foto, de que mostrasse algum bicho por entre as árvores. Depois daquele flash, tudo ficou misteriosamente lento. Via várias folhas caindo ao chão à minha frente, suavemente. Tentava me esgueirar pra fora do casulo em que me escondia e olhava pra cima, apenas pra ter meu rosto coberto por mais delas, de diversos tamanhos, pesos e texturas. Lá no alto, na altura das copas das árvores, um objeto circular e amarelo descia devagarinho, até pousar bem em minha frente. Era um paraquedas, que protegia um caixote de metal, também amarelo, tipo embalagem de mostarda. Fiquei encarando a caixa e suas bordas arredondadas, até que, em um estalo seco e alto, a tampa se abriu, fazendo um barulhinho hidráulico. Levei um susto e gritei, o que me deixou com um pouco de vergonha na hora – e olha que eu estava sozinho ali. Era como uma mininave espacial, que desembarcava em um planeta desabitado, mas aparentemente essa nave estava sem tripulante, pois nada aconteceu. Fiquei olhando pra caixa feito um tonto, até ouvir um chiado bem baixinho vindo de dentro dela. Era um ruído familiar, mas que eu tinha muita dificuldade em distinguir. Cheguei mais perto, o coração meio curioso, palpitando esquisito, a nuca meio gelada e...

— Filho? Filho? Você está aí?
— M-m-mãe? — perguntei.
— Filho, você está me ouvindo? — prosseguiu ela.
— Mãe? Cadê você?

Olhei ao redor, procurei. E nada.

O som vinha de dentro da caixa. Olhei pra dentro dela e encontrei um rádio transmissor com GPS, desses meio amarelinhos e com antenas de borracha. A voz dela, filtrada pelas caixinhas de som, ecoava incompleta, mas cheia de energia.

Aquilo me aqueceu por dentro.

— Júnior, aguenta firme que estou voltando! Consegui ajuda e logo sobrevoaremos essa área.

O quê? Estava tudo bem, então? Senti que desparafusava das minhas costas um bloco de concreto que me pressionava contra o chão e me deixava sem respiração. Estava mais leve, apesar do frio na nuca.

— Já estou com suas malas aqui. Poderemos voar direto pra casa!

Minha cama, pensei.

— Seu pai mandou dizer que está a caminho também...

Se eu estivesse comendo marshmallows, engasgaria naquele momento. Um tijolo doce e macio passando pela garganta e de repente uma notícia dessas? Meu pai, o Oliver 2, em carne e osso, estava a caminho?

— Só não se esqueça de levar a sucuri junto! — disse ela.

Quando senti o frio em minha nuca deslizar, percebi a textura das escamas e acordei em um susto maior que a Floresta Amazônica inteira.

— AH! AAAH! — gritei!

Rolei pra frente, escapando da cobra que até então não estava nem aí pra mim (foi o que deu pra perceber), mas que agora havia se assustado e se armado toda contra euzinho, encarando-me de um jeito que dava a impressão de entrar no âmago da minha alma, como se estivesse prestes a dar o bote derradeiro.

Rastejando de costas pra fugir do bicho, catei minhas coisas, quase deixando o lampião pra trás. Dei uma boa olhada ao redor, procurando a caixa e seu paraquedas, mas, pro meu desconsolo, eu estava sozinho da silva, sem a voz da minha mãe pra me dar calorosas notícias, sem a perspectiva da minha cama, sem a perspectiva da presença do meu pai.

Mas não adiantava pensar em nada disso agora; os gravetinhos dentro do meu tênis furavam o meu pé enquanto eu novamente corria de lugar nenhum pra outro lugar qualquer. O que eu faria? O chocalho da cobra seguia meus tímpanos, como se não houvesse escapatória. Um aperto na garganta me dizia que eu estava chegando ao meu limite, que não restava mais nada a fazer a não ser chorar. Desejava uma solução mágica, mas essas coisas não existem, são apenas ilusões que criamos pra acreditar em algo até sermos dominados pelas leis da natureza. Eu poderia tombar no chão ali mesmo e deixar o tempo acabar com tudo.

Só que o meu medo de ser abocanhado, engolido e digerido por uma cobra gigante ainda era maior que esses pensamentos. Segui com passos mais largos que as minhas pernas conseguiam alcançar, temendo pela hora derradeira, em que eu viraria refeição de réptil.

Machuquei feio o pé ao escorregar por um declive, ralando de novo o joelho, batendo com o queixo num galho, o que foi bem dolorido. Mas não havia tempo pra sentir dor. Eu tinha que continuar. O matagal ao meu redor farfalhava com força, acompanhando o ritmo da minha corrida – havia algo atrás de mim? Tentei me lembrar das aulas de biologia e geografia, de quais animais selvagens habitavam a Amazônia, pra saber se seria comido por uma onça ou por macacos selvagens, ou quem sabe velociraptors secretos, sobreviventes do período Cretáceo, escondidos há milhares de anos nas profundezas da selva. Olhei pro lado esquerdo, de onde vinha o barulho, ergui o lampião, mas a fraca luz que resistia tremulava demais. Continuei na escuridão, os olhos já perdidos de tantas sombras amorfas que se materializavam em madeira indo de encontro com a minha fuça.

Tentei mudar o caminho pra fugir da ameaça, mas era tarde demais. Uma sombra ágil e magra surgiu de um salto em minha direção, os membros abertos feito um gato assustado em queda livre, caindo sobre mim e me jogando de uma ribanceira, uns dois metros abaixo. Caí com tudo no chão, mas o monstro ameaçador ainda se debatia sobre mim. Gritei. A minha voz saiu fina e assustada.

— Bel?!

— Oliver?

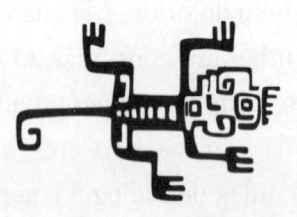

Seus olhões de guaraná reluziam a Lua que tinha acabado de aparecer por uma brecha por entre as copas das árvores. Estávamos os dois com rostos franzidos, estampados com medo.

— O que você... — tentei perguntar.

— Temos que sair daqui — interrompeu ela. — Agora!

— Tá ouvindo isso?

Forcei os ouvidos. Latidos de uns dez cachorros bem bravos pareciam vir com tudo em nossa direção.

O que seria dessa vez?

— Corre, corre! — gritou Bel, puxando-me pelo pulso. Levantei num movimento desequilibrado, quase enfiando a testa no chão de novo, mas ela me segurou pela camisa antes que eu me esborrachasse.

Ao contrário de mim, dava pra sentir que a Bel sabia se esgueirar por entre aquele acaso da natureza que era o matagal – nenhum metro quadrado era igual a outro ali, cada árvore parecia única, assim como suas folhas, flores e frutos. Mas ela se revelava integrada a tudo aquilo, sabida de cada passo, de cada cipó de que tinha que desviar. Ela me puxava junto e me guiava com confiança. Eu me sentia seguro em suas mãos.

— Mais ligeiro, Oliver! — dizia ela, ofegante.

Achei que estava sendo atlético, mas pelo visto precisava de mais prática.

— Por aqui! — disse Bel, virando bruscamente pra esquerda depois de passarmos por uma árvore gigantesca, com um tronco tão largo que eu não conseguia nem ver o contorno.

Ela dizia "Pula!", e eu pulava; "Se abaixa!", e eu me abaixava. De repente, ela começou a escalar a casca de outra grande árvore – eu a segui sem nem pensar duas vezes. Fiquei com as mãos bem raladas nessa brincadeira. Os relevos da madeira machucavam, parecia que iam rasgar a minha pele. A Bel se pendurou num dos galhos e estendeu a mão pra mim, levando-me ao seu encontro... Menina arretada...

— É a Silver Globe? — perguntei, só pra ter certeza.

— Claro, né?

Os cães latiam em torno da árvore, tentando escalá-la. Não sabia que estavam tão próximos assim da gente. Ainda bem que deu pra subir a tempo. As lanternas dos caras miravam loucamente pra todo lado, parecia inauguração de shopping, com holofotes apontando pro nada.

— E agora? — sussurrei pra Bel, enquanto temia que os *dogs* fossem supertreinados e conseguissem escalar árvores.

As luzes que nos procuravam batiam ocasionalmente em nossos rostos, mas não tinham certeza se estávamos lá.

— Hummm — murmurou ela, procurando um caminho seguro a seguir.

Passamos de um galho a outro, devagarinho, segurando com muita cautela. Aos poucos, nos distanciávamos do ponto inicial. Não sabia pra onde íamos, mas parecia que a Bel tinha tudo sob controle. O lampião, amarrado na minha mochila, chacoalhava timidamente – precisava me mexer com cuidado pra não fazer uma barulheira.

— Espera aqui — disse ela, escalando os galhos acima, até sumir de vista.

Procurei-a em meio às silhuetas verdejantes, só pra tentar descobrir seus próximos passos, mas o que assolou o ambiente foi um breve e espaçoso silêncio. O bater das asas dos pássaros que levantavam voo me dava uma noção de onde a Bel estava a cada momento. Aproveitei para inspirar fundo, o ar puro preenchendo os pulmões me ajudava a me sentir vivo. Só não sabia por quanto tempo...

— Vem, vamos! Por aqui! — disse ela, que me assustou ao pular do meu lado para me pegar pela mão.

Quase escorreguei, e, se o fizesse, seria devorado pelos cães.

— Você viu o Luíde por aí? — perguntei baixinho, esperançoso.

— Não.

— Ele estava seguindo o helicóptero.

— Que helicóptero? — ela se surpreendeu.

— Você não viu?

— Não — respondeu Bel, muito mais tranquila do que eu.

— Onde estamos indo? — quis saber.

— Pra um lugar seguro — disse ela, sem acrescentar informações.

A brisa suave se transformou num vendaval aterrorizante quando a lanterna gigante do helicóptero da Silver Globe nos ofuscou a vista, o piloto e o copiloto travaram os olhares nos nossos, feito soldados em uma missão de caça.

— AAAH! — gritamos, em uníssono.

O som das hélices assim, tão perto da gente, era aterrador. O vento machucava os olhos talvez mais que a luz, a vista secava o tempo todo. Bel olhou pra mim e gritou, gesticulando:

— Três... dois... um!

Pulamos em direção a um galho bem estreito. Ela conseguiu alcançá-lo, mas eu tive de me agarrar a um galho podre abaixo, que logo se quebrou. Mais uma vez, foi ela que salvou a minha pele, segurando-me pela mochila.

— Tudo bem aí? — perguntou, pendurada e virada pra mim.

— Acho que tá tranquilo! — respondi, querendo acreditar.

O helicóptero tinha nos perdido, pelo menos por enquanto. Respirei fundo e subi pelo cipó, forçando o corpo pra cima. Parece bem mais fácil nos filmes.

— Tá vendo aquela folhona ali? — perguntou, apontando pra uma folha enorme, grossa o suficiente pra acreditarmos que aguentaria o nosso peso se pulássemos nela.

Algo me dizia que era exatamente isso que ela queria fazer.

— No três? — perguntou ela.

— É o jeito, né?

Mas a perspectiva do helicóptero próximo, assim como dos cães e dos vigilantes, nos fez saltar sem nem precisar contar.

Aterrissamos no solo, corremos mais um pouco e nos escondemos em uma trincheira natural que a Bel encontrou. Cabíamos os dois abaixados e sobrava um pouco. Ficava sob uma sombra profunda entre duas árvores, o que nos dava certa segurança. Ela fez um "shhh" e nos encolhemos, grudados à parede de terra.

Não sabia ao certo há quanto tempo estávamos ali, mas tinha prestado atenção em cada segundo. Observava os passos dos capangas, os latidos dos cães (que quase nos encontraram várias vezes), as luzes intimidadoras das lanternas e dos holofotes, o barulho do helicóptero, os insetos que subiam e desciam nas minhas pernas, a respiração da Bel, tudo. Ficamos ali, calados e conscientes de nosso silêncio, esperando a hora passar, os inimigos dispersarem, o dia nascer. Ainda estava com muito medo, mas estar acompanhado tornava tudo mais fácil – ou menos doloroso, pelo menos. Sabia que, no fim das contas, não seria esquecido na floresta. A ideia de morrer ali e ser comido pela terra era… aterradora.

Aos primeiros raios de sol, Bel ensaiou uma tímida olhadela pra fora da trincheira, movimento que copiei. Com a cabeça pra fora, verificamos o perímetro e tudo pareceu tranquilo feito um dia de férias no sítio dos meus avós. Nos olhamos, tentando descobrir um no outro se já estávamos prontos pra sair, e então nos arrastamos pra fora.

— Fique atento. É melhor não baixarmos a guarda — disse ela, séria e atenta.

— Onde estamos? — perguntei.

— Não sei ao certo.

— Não sabe? — questionei surpreso e um pouco amedrontado.

— Digo... sei. Mas, ao mesmo tempo, não.

Ah. Que ótimo.

— E agora? — quis saber.

— Agora, seguimos por aqui — decidiu ela.

Andamos uns dez minutos em direção ao norte (eu não sabia pra qual lado era o norte, ela quem me indicou) até encontrarmos uma clareira fresca e pacífica, quieta como o silêncio da Terra ao ser encontrada pelo Sol na imensidão da galáxia.

— Está ouvindo? — perguntei a Bel, que assentiu ao perceber o ruído calmo de um riacho nas redondezas. Nós nos apressamos até o lugar. Não saberia dizer o tamanho da minha sede naquele momento; eu nem havia percebido o que sentia até ouvir o barulhinho daquela correnteza suave. Dei várias mãozadas na água, bebendo e me aliviando com alegria. Água fresca é uma delícia. Aproveitei também para encher o cantil.

— O que eles estavam fazendo atrás de você? — perguntei, finalmente.

— Acho que não gostam muito de garotas espertas.

— Você aprontou algo?

Ela vasculhou o bolso da bermuda e tirou um cartãozinho com uma fita azul. No cartão, uma foto 3x4 bem ridícula e distorcida do Deon, junto da logo da Silver Globe, de um código de barras e da inscrição "Acesso Setor X".

A Bel deu um sorriso de canto de boca.

— Sua doida — falei baixinho, encarando o crachá.

— Será que foram capazes de lançar os cães só por causa desse pedacinho de plástico?

— Parece importante, não? — intuiu ela.

— Sim, adultos vivem carregando essas coisas.

— O que será o Setor X? — perguntou Bel.

— Algo secreto, no mínimo — respondi. — Como você conseguiu isso?

Ela fechou a cara, o olhar inundado de temor e preocupação. Acenou com a cabeça para eu segui-la. Minhas panturrilhas teriam que se acostumar, porque algo me dizia que eu não teria descanso tão cedo. Tentei me orientar, mas o meu senso de sobrevivência ainda não me permitia essa proeza. Observei as cores, plantas marcantes, de formatos e tamanhos memoráveis, pra que eu tivesse referências quando preciso, mas era muito difícil. Quando dei por mim, saímos da floresta direto pros fundos da horta do vô Manoel, o que me deu um baita nó na cuca.

Dei três passos e não acreditei nos meus olhos.

A casinha, antes vívida e reluzente, agora estava coberta por limo, mofo e poeira. Mas isso não importava ao lado da plantação, toda murcha, apodrecida, semimorta. De um lado a outro, o que antes era verde, vermelho, amarelo e tudo mais, agora era de um azul-bolor triste e fúnebre. O solo estava uma papa fedorenta, parecia um pântano tóxico, horroroso. Nenhuma fruta, nenhum legume, nada estava a salvo, tudo em processo de decomposição.

— O... o... o que está acontecendo? — perguntei.

O nó na minha garganta não era nada comparado aos olhos marejados da Bel, relutantes ao retornar àquela cena.

— Foram eles, só pode — concluiu.

Ela só não esmagou o crachá de Deon com as mãos porque o plástico era muito resistente.

Caminhei ansioso pelo local. Parecia que, se ficasse lá por mais tempo, eu começaria a adoecer junto, de dentro pra fora. Estava me intoxicando, sentia nos meus pulmões. Tossi forte.

— Alcancei-os descendo a estrada — ela explicou.
— Então, me esgueirei pra dentro de uma das vans e encontrei o crachá. Eles me viram assim que pulei do veículo e me enfiei na floresta. O resto você sabe.
— Por que fariam isso? — perguntei. — Eles jogaram alguma coisa aqui?
— Não sei, não encontrei nada. Estava assim, simplesmente.
— Não é possível — protestei. — Deve ter um tambor de lixo tóxico virado pelos arredores. Tem que ter.

Bel me encarou com um olhar de quem ainda não tinha me contado tudo. Deu a volta no casebre, indicando que eu a seguisse.

À frente da casa, encontramos uma caixa de madeira gigante, quebrada na base e tombada na diagonal. Olhei pra Bel, como quem não entende. Dei a volta e notei que havia textos entalhados na madeira, pintados de preto. Demorei pra entender que estava tudo em alemão. Na parte superior, uma suástica nazista preta e envernizada refletia a luz do dia.

— Caramba! — reagi um pouco espantado. Bateu até uma tontura. — Nazistas? Aqui? Como assim? — eu permanecia incrédulo.
— Boa pergunta — disse Bel.
— Você sabe o que eles fizeram, né?
— Mais ou menos... — hesitou ela. — Sei o suficiente pra saber que coisa boa não é.
— Será que foram eles que mataram a minha vó e estão com a minha mãe?

— Como assim, Oliver? O que aconteceu com a vó Isa e com a sua mãe?

— Ontem, quando cheguei à fazenda, encontrei tudo revirado. A vó Isa estava bastante machucada e a minha mãe não estava lá!

— Pelo amor de Deus, Oliver! — ela gritou. — O que aconteceu com a vó Isa?

Percebi que os olhos da Bel estavam trêmulos e úmidos. Lembrei então que ela era mais próxima deles que eu. Mesmo sem conseguir digerir o que tinha acontecido na noite anterior, tive de contar.

— Ela tava bastante machucada, Bel... Não sei o que aconteceu, foi tudo muito rápido e confuso. Ela se foi nos meus braços.

Bel entrou em desespero, respirava forte e andava de um lado para o outro, sem saber o que fazer.

— A Silver Globe está envolvida nisso! — gritava. — Só pode. Foram eles. Foi o Deon!

Nunca vi a Bel tremer tanto de raiva e não desejo ver essa cena outra vez.

— Difícil acreditar que não... Só quero encontrar a minha mãe, Bel.

A podridão que assolava a horta parecia se expandir rapidamente mata adentro, metro a metro.

— Não, não, não! — exclamou Bel, os olhos esbugalhados de pânico.

— Está espalhando? — perguntei.

— Está! — respondeu ela, indignada.

— O que vamos fazer?

Até pensei em jogar água nas plantas, numa tentativa de contornar aquilo, mas dava pra ver que não resolveria. Parecia que uma força maior sugava as energias da região.

— Já sei! — gritou ela. — Já sei o que está acontecendo, e há um jeito de impedir.

Bel me segurou pelos ombros, olhou em meus olhos e disse, com firmeza:

— Você vai ter de salvar a floresta, Oliver Júnior.

7

O que antes era vida, um domingo de sol, agora parecia um filme de terror. Uma neblina fina cobria a mata, o ar estava mais pesado e o clima, diferente.

— Pra onde você está me levando? — perguntei a Bel, enquanto ela me puxava aos trancos novamente rumo ao coração da floresta.

— Tem algumas coisas que você não sabe sobre esse lugar.

— Isso eu já percebi — respondi, meio que revirando os olhos e com certo receio de perguntar mais uma vez o que seriam "algumas coisas".

Outra vez, um pedacinho de graveto no tênis machucava o meu pé. Tive de me soltar da Bel um instante, para ficar descalço e encontrar a madeira que se fincava na minha carne. Não tive escolha, a não ser respirar fundo e puxar de uma vez. Até que foi uma dor suportável, e o melhor a fazer. É sempre incômodo não conseguir pisar direito.

— Anda, Oliver, deixa de frescura — reclamava Bel. — Desse jeito não vamos conseguir chegar à primeira parada.

Caramba, eu não tinha descanso com aquela garota.

— Tá bom, tá bom! — respondi, mancando suavemente.

Zanzamos pelo meio da mata por mais um tempo, até chegarmos à margem de um riacho que cortava o caminho.

— Ok — disse ela, esbaforida, ao parar e se virar pra mim. — Chegando ao outro lado, seguimos por mais uns cem ou duzentos metros até encontrarmos a parede de pedra. Uma vez lá, saberemos o que fazer.

— Espera aí — interrompi. — Como assim "saberemos o que fazer"?

— Vamos passar por isso mais uma vez? — disse ela, impaciente. — Não temos tempo e…

— Você já olhou ao redor?

— Eu vivo aqui, ora. Logo você se acostuma. Quem sabe até comece a dar nomes pras árvores?

— Como assim? — perguntei. — Você dá nomes a elas?

— Eu tenho duas ou três favoritas.

Parei e pensei por uns dois segundos se fazia sentido nomear árvores. Olhei pro rio – a correnteza até que parecia suportável, mas teria que me molhar até a cintura, pelo menos. Respirei fundo e me conformei com o meu destino. Seria um saco ter que andar por aí com as meias encharcadas, o pé murcho e gelado.

— Você não acha quê... — ia argumentar, quando percebei que a Bel não estava mais ali, já atravessava o rio.

Mas quê..., pensei, rangendo os dentes e fechando os punhos. Logo percebi que não estava com raiva dela, mas de ter mesmo que entrar naquele rio.

Prestes a imergir meu pezinho seco na água, me senti um pouco envergonhado e, ao mesmo tempo, orgulhoso por me dar conta a tempo de que poderia guardar minhas meias, meus tênis, minha calça, minha jaqueta e minha camiseta na mochila antes de atravessar o rio. Não precisava molhar nada! Era só tomar cuidado pra não deixar nada cair na água. Como é bom amadurecer.

Dei uma última olhada ao redor pra ver se a Bel não estava olhando, mas ela estava bem adiantada e já devia ter chegado ao outro lado. Então, tirei a roupa e fiquei só de cueca, torcendo pra que Deon, os capangas e os cachorros não aparecessem. Seria bem incômodo pra mim. Ouvi um arbusto balançando forte. Pensei que podiam ser eles ou uma besta da floresta. Bem, talvez eu estivesse canalizando os pensamentos pra pensar besteira.

Levantei a mochila acima da cabeça e tratei de fazer o que tinha que ser feito, pois ninguém o faria por mim. A água estava geladíssima. Senti a nuca repuxando com o frio, o corpo todo ficando retorcido, dando um coice pra frente, como se um freio de mão fosse puxado dentro de mim. No entanto, segui em frente, o rio subindo pelo meu corpo a cada passo dado, até estabilizar um pouco acima da cintura, o suficiente pra eu sentir que já não tinha controle sobre a minha força para ficar de pé ali praticamente submerso. Não por acaso, assim que percebi isso, a correnteza tratou de ficar incrivelmente forte. Cambaleei sobre as rochas escorregadias em que pisava, os dedões ocasionalmente batendo nelas, os tornozelos quase torcendo. Por pouco a mochila não caiu na água e foi levada pra longe – a possibilidade de perder tudo e ficar só de cueca ali era aterrorizante. Parei, fechei os olhos, respirei fundo e me acalmei. Estava quase sendo levado pela força do rio, mas não havia razão pra que eu deixasse que isso acontecesse comigo. Eu chegaria à terra firme, sim. Tinha decidido que isso se tornaria realidade.

Um passo após o outro, com certa dificuldade e tentando não me abater pelo nervosismo, quase consegui atravessar o caminho todo, até que pisei em uma pedra e me desequilibrei. Minha perna esquerda vacilou e o resto do meu corpo e a mochila afundaram até a metade. Dei uns pulos com a outra perna pra tentar me equilibrar e não levar uma rasteira da correnteza. Engoli litros de água nessa brincadeira – ao menos, era água doce.

Ao chegar ao outro lado, tratei de me vestir e me sentei pra descansar um pouco – uma recompensa pelo meu esforço repentino. Percebi que costumava fazer isso o tempo todo em minha vida: a cada simples tarefa, eu me dava um brinde por tê-la completado, como da vez em que devorei duas caixas de bombons por ter derrotado o Crazy_Vennberg no Pokémon. Ou de quando tirei um cochilo que durou a tarde toda após ter levado a minha prima ao jardim de infância a pedido da minha mãe. Pensando bem, acho que eu me aproveitava demais desse negócio de querer tudo a troco de algo. Pra falar a verdade, às vezes essa mania me atrapalhava, pois eu passava mais tempo desfrutando desses "prêmios" do que realizando coisas. Quando a balança se desequilibra com tanta frequência, não é bom sinal. Talvez por isso eu me sentisse tão culpado volta e meia. Bateu um peso na consciência e me levantei determinado a seguir em frente.

Quando era mais novo, tinha uma agonia ao caminhar pela antiga casa em que morávamos. Era enorme, o teto bem mais alto que o normal. Eu me sentia um cachorrinho abandonado nela, quando sozinho. À noite, com uma baita vontade de fazer xixi, eu tinha de atravessar o longo e escuro corredor, cheio de retratos nas paredes – nem preciso dizer que, no breu da noite, tomavam formas assustadoras, com os olhos e sorrisos daqueles parentes todos que eu mal conhecia, mais parecendo pinturas renascentistas, daquelas bem macabras. Isso sempre me dava uma aflição, algo que parecia maior que eu, um paradoxo dentro de mim que eu não sabia como explicar: aquele medinho que crescia a cada lento passo que eu dava em direção ao meu destino, que me fazia querer sair correndo – mas que, se eu o fizesse, também faria o medo aumentar. Essa consciência me forçava a continuar com passos calmos, a permanecer em um limbo de sentimentos. Eu sempre terminava a viagem na metade do corredor, as calças encharcadas de xixi, chorando, chamando minha mãe, até que ela viesse me socorrer e me acalmar. O que eu sentia naquele momento, com meus passos incertos rumo a uma tal parede de pedra, assemelhava-se muito aos meus terrores de infância. O que era aquilo tudo que estava acontecendo? Parecia que forças esmagadoras e incontroláveis se deslocavam rumo ao inevitável, como se o mundo fosse acabar e ninguém pudesse evitar. Eu ainda tentava encaixar as peças, mas, a cada instante, um nó se fazia por cima de outro nó, que já era "enozado" o suficiente pra eu não conseguir desatá-lo.

Eu me esgueirava por entre os troncos mais grossos e salientes, olhando por cima do ombro o tempo todo, enquanto tentava me lembrar das aulas de história do professor Ramsés e de suas explicações mágicas sobre a Segunda Guerra Mundial. Lembro-me vagamente das mil tretas entre os figurões da época, de o tiozinho do Reino Unido jogar bomba no Hitler, de este lançar bomba em todo mundo, daquele país que hoje é a Rússia esmagar a Alemanha, de o Japão ser explodido por duas bombas americanas, uma bagunça só. Nos video games, são sempre os alemães os vilões, mas quem "controlamos" também carrega uma arma e atira nos outros, tanto quanto os nazistas. Então, não estou bem certo se existe algum herói nessa história toda.

Nazistas, sempre tão distantes no nosso imaginário – ou no meu, pelo menos. Caras do mal, vilanescos, quase caricatos. Mas me dar conta de que existiram e deixaram marcas me causa calafrios sinistros, ainda mais vendo algo deles de perto. E se ainda estivessem por ali? Melhor nem pensar nisso. Mas se eu não cogitasse, não estaria preparado pra enfrentá-los, caso fosse necessário. Teria de dar um jeito de estudá-los, mas como, se estava preso naquela floresta sem fim? Queria ter tirado uma foto daquela caixa, ou anotado o que nela estava escrito, porém estava tão atordoado no momento em que tudo ocorreu que, por mais que eu lesse e tentasse gravar na mente, não conseguiria.

Um estrondo gigantesco me fez dar um pulo, imaginando qual seria a ameaça que estaria por vir. Percebi que era o meu estômago clamando por socorro – ele se retorcia de fome feito um cachorro desesperado por atenção, fazendo de tudo pra ser a minha prioridade naquele momento. O problema é que não tinha nenhuma comida na mochila, e num raio de sei lá quantas centenas de metros não havia nada, nadinha pra comer. Caçar não era algo que podia cogitar, visto que as minhas habilidades de sobrevivência ainda estavam no nível "iniciante".

Segui em frente, tentando calcular de cabeça quantos metros já havia caminhado. Não via nenhum sinal da Bel. Foquei meus pensamentos no aprendizado que acontecia ao vivo diante dos meus olhos, tentando analisar como eu me comportava no ambiente e como ele reagia a mim, ou vice-versa. Não mais como se uma voz onisciente me guiasse pelos caminhos. Eu estava sozinho, afinal.

Dizem que quando você pensa em desistir, a desistência já está consolidada, é praticamente uma realidade. Não sei se acredito, pois ali mesmo eu tinha pensado em desistir, mas essa desistência não necessariamente se concretizaria. Bastava que eu decidisse continuar em frente – todos podemos ponderar e mudar de ideia, não? Que problema havia nisso?

Cada passo era um esforço, parecia que raízes amazônicas tinham saído da terra e se fincado em meus pés. Eu olhava pra baixo pra ver o que havia de errado, mas eles permaneciam ali, soltos, livres, caminhantes como pés com totais condições para tal. De onde vinha tamanha dificuldade? Queria que alguém me explicasse os motivos de eu ser como era, de pensar como pensava, de agir como agia. Lembrava-me das palavras da Bel, do seu olhar e de seu tom de voz, semelhantes a tantos outros que já recebi ao longo da vida, vindos de pessoas que esperavam e queriam que eu fosse além de mim mesmo, das minhas ações pela metade. Incompletas como os desenhos que não terminei, os livros dos quais só escrevi trechos, as conversas que não levei à frente, apesar das melhores condições pra fazer isso acontecer. No fim, as pessoas me olhavam fundo nos olhos, meio decepcionadas, ou talvez frustradas, quem sabe os dois ao mesmo tempo. Seria esse o olhar que a minha mãe me daria quando eu chegasse tarde demais pra salvá-la? Uma fumaça inebriante, uma massa pesada de cheiro esquisito, entrou pelas minhas narinas pra me despertar dessa angústia.

Feito um gato que enxerga um vulto no escuro, rastreei toda a área ao meu redor com os olhos e com o nariz, claro, em busca da origem daquela fumaceira toda. Podiam ser os capangas da Silver Globe ou até os nazistas assando alguma caça no meio da floresta. Mas espero que seja a Bel "cozinhando" a nossa próxima refeição.

As âncoras que seguravam os meus pés sumiram num passe de mágica. Fui andando bem ligeiro por entre as árvores, parecia até que conhecia a região, que sabia o que estava fazendo. Dei de cara com uma clareira em forma de meia-lua, verdejante e iluminada, com a luz do sol incidindo sobre as folhas das árvores como em um conto élfico – uma doideira. Bem no meio da clareira havia algo que eu nunca tinha visto, e que não entendia muito bem, pra falar a verdade. Uma muralha gigante de pedra, cuja altura se perdia em meio às folhagens lá em cima. A muralha parecia cercar um morro, dava para ver em seu topo uma pirâmide quase que escondida pela floresta. Fiquei de queixo caído e meio com medo. Que diabos era aquilo? Tentei entender aquela coisa à minha frente.

Aproximei-me devagarinho, com medo de que alguma pedra tombasse e rolasse em minha direção, o que era uma hipótese bem improvável, mas que eu precisava considerar. A mais ou menos uns três metros acima da minha cabeça, tive a impressão de ver um tipo raro de ruínas entalhadas. Pareciam ideogramas secretos de uma civilização perdida, oculta do homem branco, e muito superior a ele. Tinham o formato simétrico e angular. Tentei dar uns pulinhos pra ver se conseguia enxergar mais de perto o que estava escrito, mas já nem tinha mais certeza se estava de fato vendo aquilo ou se era mais um delírio da minha mente esfomeada.

Já tinha desistido de tentar escalar aquela coisa quando uma nova baforada de fumaça tomou conta do ar ao meu redor.

A fumaça vem lá de cima..., concluí, já bolando algum jeito de subir aquela muralha. Encontrei uma árvore gigante bem próxima e decidi escalá-la pra ver no que dava. Logo no primeiro impulso pra alcançar o primeiro galho, escorreguei, dando com o nariz no tronco.

— Ai! — resmunguei, caído, deitado no chão, virado pra cima.

Tive um vislumbre do céu azul por entre as folhas, os pássaros cruzando calmamente, alheios a tudo que acontecia abaixo. Pensei que talvez fosse melhor abandonar a ideia de buscar a origem daquela fumaça e seguir adiante, rumo ao meu objetivo, até que me dei conta de que aquele era o meu objetivo: a tal da muralha de pedra que a Bel tinha mencionado.

Ela disse que eu saberia o que fazer quando a encontrasse, mas tudo indicava que não, eu não fazia ideia. Ia me estabanar todo e dar com a bunda no chão, repetidamente. *Calma. Respira, Oliver Júnior*, disse pra mim mesmo. *Você vai passar por esse obstáculo também*. Mas como? Quantos perigos ainda enfrentaria? Gostaria que aquele fosse o último, mas a minha experiência em *adventures* e RPGs me dizia que se tratava de um mero *puzzle* que nos tomava um tempão, mas que se revelaria bem simples, banal. Desses que você fica com raiva quando percebe o quão fáceis na verdade eram.

Resolvi analisar aquele paredão, ativar a minha percepção total, a minha atenção plena, observando cada detalhe com cuidado pra tentar deduzir o melhor caminho a seguir. Andava pra lá e pra cá, tentava encontrar passagens secretas por entre as pedras gigantescas, que, àquela altura, me pareciam mesmo o cenário de um jogo. Hoje em dia é difícil entender como o povo antigo conseguia mover pedras tão pesadas e como conseguiam uma precisão de corte tão extraordinária como aquela.

Passaram-se uns vinte ou trinta minutos e eu continuava ali. Começava a me sentir um pouco improdutivo. Voltei-me ao topo da muralha, enchi os pulmões e gritei:

— Bel? Você tá aí?

Algumas aves levantaram voo ao me ouvir desengonçado, tentando terminar a frase aos berros, mas sem ar o suficiente nos pulmões pra isso. Deixei-me cair pra trás numa sentada desistente, pensando nos meus métodos surreais e nada efetivos de resolver as situações em que eu me colocava. Fiquei pra trás por um tempo e já estava perdido. Nessas horas, sempre pensava no que os lendários Oliver fariam. Estariam me observando escondidos por detrás dos arbustos, rindo dos genes patéticos que passaram adiante? Ou quem sabe estivessem chorando de desgosto, perguntando se eu era de fato da família, se merecia carregar seu nome?

Senti uma pancadona na cabeça, e tive certeza de ser ali o meu fim, repentino e inusitado. Um objeto arredondado, duro e leve balançava à minha frente.

— Ai! — exclamei, mais pelo susto que pela dor, enquanto observava a ponta do nó de uma corda grossa indo pra lá e pra cá feito um pêndulo diante dos meus olhos.

Ué...

Era uma corda, entrelaçada e com vários nós em forma de bola, como degrauzinhos ao longo de sua extensão. Vinha de cima – de onde exatamente eu não saberia dizer –, e parecia que alguém (ou algo) tinha ouvido os meus clamores. Intuitivamente, deduzi que era minha tarefa subir por ali, o que me animou, mas também deu um calafrio na faminta boca do meu estômago. A Bel deve estar lá em cima... Custava me esperar?

Fiquei de pé de frente pra corda, encarando-a, destemido e amedrontado ao mesmo tempo. Fechei os olhos por um breve instante e inspirei profundamente, sem parar para pensar na loucura que eu estava prestes a cometer. Ainda com os pés no chão, segurei a corda com firmeza. Dei uma última concentrada e peguei impulso, dando um salto já com o destino em mente: *Acreditar é alcançar.*

Mas minhas mãos raspavam na corda, enquanto eu caía novamente de bunda no chão, puxado pela gravidade. O primeiro nó em forma de bola balançou pra longe e ao voltar acertou em cheio a minha testa. Tive a impressão de ouvir umas risadinhas ao longe, mas talvez fossem só pássaros que gritavam ao alçar voo. Recobrei a concentração e tentei ignorar a dor que rasgava a pele. Senti o coração pulsando por conta do susto, batida após batida, num "tu-dum-tu-dum" incessante. Posicionei-me novamente diante da corda. Eu não desistiria fácil. Repeti o gesto, ciente de como a física funcionaria com o meu movimento.

Um, dois, três! Pulei e me agarrei com tudo. Consegui subir uns... dois metros, talvez. Meus braços tremiam, os músculos latejavam, os pulmões ardiam. Os diversos nós ao longo da corda serviam de apoio, e, ao colocar os pés neles, tinha um suporte pra pelo menos dar uma descansadinha de vez em quando. Tentei olhar sempre pra cima, pro meu objetivo final, mas, como temos mania de nos sabotar quando mais precisamos de serenidade, cometi o erro de me virar pra baixo e perceber o quão distante eu já estava do chão. Minhas entranhas deram piruetas de pânico quando percebi que naquele momento qualquer deslize me causaria sérios danos – pelo menos uma perna e uma clavícula eu quebraria, se escorregasse e caísse do jeito "certo". Na pior das hipóteses, ficaria imóvel no chão até que um animal selvagem me devorasse ou eu morresse de fome. Nada como lidar com miniataques de ansiedade no meio do caos.

Observando a folhagem à altura dos meus olhos, calculei que devia estar a pelo menos dez metros de altura – ou quem sabe apenas cinco? Minha noção espacial não era das mais confiáveis. Procurava me manter firme, nó após nó, enquanto observava como o meu corpo e a minha mente reagiam àquilo tudo – o suor, as dores, os medos e a sensação de vitória e superação a cada centímetro escalado. Tinha que reconhecer que o bagulho era louco.

Prestes a alcançar a borda da muralha que cercava o morro, senti o aroma da copa das árvores, das flores e dos frutos mais variados. Aquela sensação me proporcionava um alento diante da situação desesperadora em que me encontrava. Com cuidado, agarrei-me à extremidade da pedra e me ergui, de forma a finalmente alcançar a topo firme da muralha, caindo de costas, ofegante. Acima de mim, o céu infinito e as nuvens que deslizavam por ele, tranquilamente. Sentei-me e olhei muralha abaixo, sem colocar a cabeça pra fora, com os olhos acanhados, tremendo de fraqueza e vertigem. Sou meio biruta, só pode. Estava de fato junto da copa das árvores, que formavam um horizonte majestoso e indescritível, em direção ao qual havia um ecossistema vibrante, um organismo verde e azul gigantesco, eterno, em consonância com o Universo e tudo que nele existia.

Meu coração palpitava na mesma frequência que aquilo tudo. Nem o tempo parecia existir.

— Finalmente — disse uma voz grossa e rouca atrás de mim.

Virei-me, assustado. Estava em um terreno plano. A alguns metros de distância, um homem com aparência de quem já foi forte estava sentado, em posição meio meditativa, parecendo um touro, em cima de um bloco de pedra arredondado. Seus ombros estavam meio caídos, apesar da coluna ereta. Como não estava muito perto, eu não conseguia enxergá-lo direito, mas conseguia perceber que ofegava profundamente, talvez com esforço. A cabeça dele também estava meio pra frente, o pescoço pendendo curvado, o olhar fatigado por algo que eu não conseguia decifrar.

— Você está atrasado — disse ele, esticando as costas, como que tentando se livrar de um peso imenso.

Ensaiei passos tímidos em sua direção, incerto da interação que acontecia. Que maluco era aquele meditando ao ar livre? E que maluco iria até ele, como euzinho, naquele momento? Foi quando percebi que havia uma fogueira a sua frente, exalando a fumaça que me guiou até ali.

A cada passo que dava, tentava ler a figura diante de mim – era um homem de feições não exatamente indígenas, mas miscigenado. Vestia uma camisa branca surrada, engraçada nas extremidades, meio encardida e com a estampa gasta, quase inexistente – um mapa da América Latina pintado à mão, ao que parecia. Devia ter uns sessenta anos, talvez mais, mas não sabia com precisão se as rugas em seu rosto bronzeado eram fruto da idade, de preocupações ou apenas da exposição contínua ao sol intenso.

Fiquei paralisado quando ele ergueu os braços, tremendo, as palmas estendidas pra cima fazendo força, os olhos fechados e o rosto concentrado. Ele soltou uns gemidos doloridos. Suava. Poderia jurar que emagreceu alguns gramas diante de meus olhos. O rosto secando, parecia prestes a vomitar.

— Está tudo bem? — perguntei, sem receber uma resposta.

Quando baixou as mãos para os joelhos, voltando do transe (ou o que quer que tenha sido aquilo), ele se dirigiu a mim:

— Você está faminto, não? Vamos, pode pegar — disse, apontando com a cabeça pra uma carne fincada em um espeto ao lado do fogo.

Hesitei um pouco por estranheza, mas, como não sabia quando seria a minha possível próxima refeição, alcancei o espeto. Estava um pouco tenso porque não conseguia identificar de que animal era aquela carne.

Quando me dei conta de que estava prestes a comer a comida de um desconhecido, quase mudei de ideia. Até que ele disse:

— A receita é da Bel. — Isso me tranquilizou, porque me dei conta de que provavelmente esse cara era o tal do...

— Eu sou o Joel — disse. — Você é o filho do Oliver. Tem os traços dele...

Nem conheço esse cara e ele já me joga bombas existenciais sem avisar? Quais seriam os traços do meu pai em mim? Será que eu tinha o jeito de olhar dele? Seria curioso, já que fazia tanto tempo que não o via. Estaria no DNA?

Mas, afinal, cadê a Bel?

Mordi um pedaço da carne no espetinho. Estava quente, mas na temperatura certa, sem queimar a boca.

— Você sabe onde está a minha mãe? — perguntei.

— Ela foi raptada pela Silver Globe, Oliver — disse, de supetão. — Para encontrá-la, você terá que se encontrar primeiro.

A voz dele era um lamento pesaroso, que enfraquecia ao longo da frase, fazendo um esforço pra sair, atropelando-se em uma rouquidão crescente. O rosto de Joel começava a ficar vermelho como um tomate, as veias que bombeavam o sangue arroxeavam cada vez mais, o branco dos olhos pipocava, algo bem esquisito de ver. Eu me desesperei, claro.

— Está tudo bem? — perguntei novamente, sem saber se o abanava ou se ignorava a situação e continuava fazendo perguntas sobre o paradeiro da minha mãe.

Os grunhidos dele me assustavam, pareciam saídos de uma caverna negra. Depois de alguns instantes de terror, a cor dele voltou ao normal. Joel parecia um pouco fora de si, com os ombros caídos pra frente.

Ele olhava para o horizonte com um semblante temeroso, de quem via uma verdade irreversível prestes a se materializar. Eu avistava inúmeras árvores saudáveis e manchas acinzentadas que se alastraram aqui e ali, em pequenos grupos, distantes uns dos outros, como se tivessem apodrecido subitamente.

Toda a natureza ali morria aos poucos.

8

— O que você fez com ele? — dizia a voz que vinha do outro lado.
Ufa! Era a Bel. Ela se aproximou com passos rápidos, quase correndo.

— Eu... Eu não fiz nada — gaguejei, como quase sempre acontece quando fico nervoso.

Ela nos alcançou e segurou Joel. O olhar dela era de completo desespero.

Com olhos examinadores e aflitos, Bel o abraçou e o ajudou a se levantar. Ela parecia evitar olhar para o horizonte. Não a culpo, se pudesse, apagava da minha mente aquela imagem da floresta apodrecendo. Pensei em tirar uma foto daquilo, mas não era o momento. De repente, uma responsabilidade tomou conta de mim, não conseguia ficar parado vendo tudo ao redor morrer.

Mas o que poderia fazer? Era só um adolescente que até outro dia passava horas e horas jogando video game, imaginando que a emoção de uma aventura era aquela experiência e só. Mas não é. É bem diferente.

Os dois subiram uma escada de pedra a passos lentos. Bel ajudava Joel, que andava com dificuldade. Ela olhou para trás e fez um gesto para que eu os acompanhasse.

Foi só quando chegamos mais perto que percebi o monumento enorme a minha frente, parecia uma pirâmide maia, asteca, inca, sei lá. A estrutura era gigantesca. Apesar de a mata ter tomado conta de toda a sua extensão, ainda podia notar a grande escadaria até o topo. De certa forma, parecia que a floresta tinha abraçado aquele lugar, como se fizesse parte dela. Era uma baita pirâmide!

Fiquei um tempinho olhando com cara de bobo, até sentir alguém me cutucar.

— Vamos, não temos muito tempo — disse Bel, que, depois de ajudar o Joel, quase me empurrava pra cima também.

Joguei a mochila no chão e subi degrau por degrau, imaginando que seriam milhares até o topo. Olhei para cima e ainda faltavam muitos. Bel já tinha alcançado Joel novamente, quase no fim da escadaria. Minhas pernas tremiam. Bem, já fazia tempo que minhas pernas não paravam de tremer, e isso deixava a subida ainda mais tensa. A maioria dos degraus estava coberta por lodo, e, em matéria de escorregar, o gordinho aqui era phD.

A cada passo que eu dava, batia um medo danado de rolar pirâmide abaixo. Achei que fosse morrer quando cheguei ao final, mas a curiosidade de saber o que tinha dentro daquele lugar me fez esquecer as dores em todo o corpo e até a falta de ar. Por dentro da construção, era escuro, frio e úmido. Só conseguia ver o Joel e a Bel por causa de uma fresta no teto por onde entrava um estranho feixe de luz prateada sobre Joel. O lugar era inacreditável. Lembrei-me de alguns canais de curiosidades no YouTube que falavam sobre pirâmides – passava horas vendo e revendo aqueles vídeos. Naquela fase, descobri que as pirâmides do Egito Antigo eram construídas para abrigar o corpo mumificado de faraós e sacerdotes, servindo como uma gigantesca máquina de encarnação. Já na civilização maia, as pirâmides tinham como propósito principal servir de templo religioso. Não sabia a qual civilização pertencia a pirâmide em que estava, mas tinha certeza que diante dos meus olhos estavam milhares de anos de histórias e mistérios. Nas paredes de pedra, havia figuras emblemáticas que, de alguma maneira, narravam algo. Algumas lembravam as guerreiras amazonas, as primeiras a montar cavalos em batalhas. Vestindo armaduras de peles e portando escudos em formato de meia-lua, eram capazes de ceifar fileiras de soldados. Pena que alguns seres humanos têm prazer nisso. O homem é livre para cometer erros, escolher o mal e viver dele. A maldade é uma das poucas coisas que resiste ao tempo.

Passei um tempo divagando sobre tudo. Joel estava sentado numa pedra grande, que parecia ter sido cortada por uma megalâmina. A superfície perfeita formava uma espécie de altar, feito do mesmo material de toda a pirâmide.

— Aproxime-se — ordenou, gesticulando para mim.

Caminhei até ele e pude ver pelas paredes algumas figuras coloridas em alto-relevo. Estavam organizadas em uma disposição que parecia destacar o centro daquele local. Eu não conseguia entender nada, queria que alguém me explicasse aquela loucura toda. Do fundo do coração, esperava que eu não fizesse parte de algo importante, pois, do jeito que era, ia ferrar com tudo, fazendo com que a floresta morresse de uma vez.

Bel parecia impaciente com a minha lerdeza, mas aquilo tudo me deixou paralisado. Muita coisa estava acontecendo, e eu mal conseguia digerir a primeira.

— Tenho que te contar uma coisa, Oliver — a voz do Joel saiu trêmula e cheia de dor.

Bel, aflita, olhava para ele. Deve ser difícil pra ela vê-lo assim.

— Eu não tenho muito tempo... — ele prosseguiu. — Preciso contar tudo a você antes que seja tarde demais.

Joel deu uma tosse seca.

Ele era um senhor de cabelos ralos, brancos, e não estava nada bem.

— Por que não tem muito tempo? — perguntei. — O que está acontecendo?

Sei que foi um questionamento estúpido, mas eu estava confuso e precisava começar a entender direitinho o básico, pelo menos.

— Escute com atenção — disse Joel, com um semblante sério. — Este lugar é sagrado. Se algo não vai bem, tudo corre perigo.

A voz dele ficava cada vez mais fraca. Mas ele prosseguia:

— Você herdou habilidades do seu pai, Oliver. Esse é o motivo pelo qual ele dedicou a vida a protegê-lo. A ausência dele era a sua segurança.

Fiquei pensativo. Todo mundo dizia que aquela floresta era especial, que eu era especial... E eu não entendia como uma pessoa poderia proteger outra ao se manter ausente.

— Há muito tempo, pessoas más vieram para cá e fizeram coisas terríveis — continuou. — Isso está acontecendo novamente. Eles estão atrás de algo que só alguém como você pode abrir.

Joel se levantou e olhou para uma parede cheia de desenhos enigmáticos.

— Quem são eles? — perguntei. — O que eu posso abrir?

Até aquele momento, todo mundo só me falava coisas pela metade, e eu precisava de respostas definitivas.

— Essas pessoas fazem parte de uma organização antiga e secreta. Cometem atrocidades desde o nazismo — concluiu, tossindo.

Arregalei os olhos. Nazistas?

— Eles fizeram experimentos com seres humanos, foi uma época de trevas — disse. — Eu e o seu pai traduzimos muitos documentos das unidades secretas que se estabeleceram na ilha. Eles estavam atrás da cidade de ouro.

— Que cidade de ouro? — perguntei.

— El Dorado, Oliver — disse Joel. — Eles procuravam El Dorado.

— Essa cidade não é uma lenda?

— Escute bem, rapaz. Encontramos também um documento em especial, que falava de experimentos com fetos. Todos morreram, exceto um...

Joel tomou fôlego para prosseguir, mas foi interrompido por Bel:

— Oliver, não temos mais tempo! — gritou. — Precisamos de você e da chave!

A luz prateada que iluminava Joel deu lugar a um facho de luz comum. Nesse mesmo instante, suas pernas fraquejaram e ele caiu. Bel tentou segurá-lo, mas o peso dele era maior do que seu corpo magro poderia aguentar e os dois caíram ao chão. Com o rosto pálido e encharcado de suor, Joel olhou pra mim e disse:

— Você tem a chave e vai saber o que fazer na hora certa.

O chão começou a tremer, até que se abriu um buraco gigantesco bem debaixo dele, que nos sugava pra baixo. Eu me segurei em algumas pedras. Bel e Joel fizeram o mesmo, mas ele já estava fraco e acabou se soltando e caindo no buraco.

— Joel, por favor! — gritava Bel. — Não me deixe...
Ela estava realmente abalada. Consegui me recompor e fui até ela, que estava debruçada perto do buraco. Olhei para baixo. O vão era escuro e empoeirado, não dava para ver nada – pela aparente profundidade, dificilmente alguém sobreviveria à queda. Ficamos alguns segundos procurando Joel com o olhar, gritando. Não houve resposta, apenas um silêncio assustador. Bel olhou pra mim assustada e fez algo que, desde que a conheci, jamais esperei que fizesse: chorou, emitindo um ruído baixinho e contido.

Joel não terminou de falar, não terminou de contar a história... Eu teria que descobrir sozinho. Então, como se não bastasse, um grande estrondo rompeu o silêncio e o lugar começou a estremecer novamente. Bel continuava no mesmo lugar, paralisada, mas tínhamos que correr dali. Logo o lugar se tornou uma grande bagunça, e a chegada de nuvens de areia deixaram minha visão turva.

— Bel, vamos embora. Agora! — gritei.

— Não vou deixá-lo aqui — ela disse.

— Não há nada que você possa fazer agora — argumentei, com uma dor terrível no coração.

Peguei-a pelo braço e puxei com toda minha força. Ela estava completamente entregue, e seu corpo veio de uma só vez. Conduzi Bel pra fora daquele lugar, que parecia prestes a desabar. Corremos e descemos as escadas, que estavam rachadas, e quase caímos várias vezes, mas um sempre conseguia se segurar no outro. Os degraus estavam escorregadios, o que tornou a descida ainda mais difícil. Qualquer vacilo poderia nos matar, e, justamente por isso, preferia que Bel estivesse no controle. Precisávamos fugir e ficar bem longe daquela pirâmide, mas era como se ela não quisesse que saíssemos dali com vida. Um bloco de pedra gigantesco se desprendeu da parte de cima e começou a rolar escada abaixo, em nossa direção. O barulho da pedra batendo enquanto rolava era ensurdecedor, e com toda aquela poeira mal dava pra enxergar. A única certeza que eu tinha era de que a pedra se aproximava cada vez mais enquanto eu tentava não me desequilibrar. Onde estava aquele Oliver com habilidades especiais? Num momento de fraqueza, olhei pra trás e acabei tropeçando. Caí feio. Senti a mão da Bel se desprender da minha e rolei escadaria abaixo até parar sentado em um degrau maior. Fiquei completamente tonto... Não dava pra enxergar uma saída para aquela situação.

O barulho da pedra ficou mais alto, provocando um zumbido no meu ouvido. Quando achei que não dava mais, fechei os olhos pra esperar o pior. Senti que algo se aproximava e me preparei para o impacto, apertando os olhos. A morte parecia menos terrível se você desistisse de lutar. O ruído da pedra quebrando tudo já ditava as últimas batidas do meu coração, quando algo me golpeou com força e voei para longe. Achei que era o fim, mas, ao tocar o chão, senti que não estava só. Consegui enxergar a silhueta de um bicho, que logo foi arrastado pela pedra. Com o impacto, rolei no chão até sentir a textura da minha mochila, que bloqueou o meu movimento enquanto o bloco de pedra gigante passava ao lado, tirando um fino dos meus pés e derrubando várias árvores até parar no canto da muralha. A barulheira foi interrompida por um grunhido dolorido de um lobo.

— Luííííde! — gritei, com todas as forças.

Tudo ficou em silêncio.

Enquanto a poeira baixava, voltei aos poucos à consciência. O que antes era turvo começou a ganhar forma e percebi que o danado do Luíde tinha salvado a minha vida. Bel chegou e começou a me sacudir. Eu conseguia ler os seus lábios e sua expressão de desespero, mas parecia submerso, como um mágico em um tanque de água, ainda tentando se libertar. Eu não conseguia fazer meu corpo se mover e não dava pra ver direito o que tinha acontecido com o Luíde. Também não tinha forças pra responder a Bel. Estava completamente paralisado, morando em um corpo que parecia sem vida, até que, do nada, retomei o controle e respirei fundo, como se tivesse mesmo passado horas debaixo d'água. No desespero e no perigo, as pessoas aprendem a acreditar em milagre. Juro que não sei que energia era aquela que sentia.

— Responde, Oliver! — insistia Bel. — Você está bem?!

— A-acho que sim — respondi, finalmente, tomando fôlego.

— Ufa! Caramba... — disse ela, aliviada. — Essa foi por pouco, mas ainda não acabou! — prosseguiu, pegando a minha mochila e me puxando para sair daquele lugar.

Forcei os olhos tentando achar o Luíde no meio das ruínas. A pedra devia ter atropelado o coitado e, se continuássemos ali, outra rocha poderia fazer o mesmo conosco.

— Vamos! — disse Bel.

Mal deu tempo de respirar, de me sentir vivo outra vez, e já estávamos apressados muralha abaixo. Mais adiante, ouvimos outro estrondo ensurdecedor, e percebi que o tempo fechava de vez. Agora era São Pedro quem nos assustava. O tempo ficou feio e em segundos a pirâmide desapareceu em meio a nuvens escuras, com raios e trovões, como se a mãe natureza abraçasse aquele lugar, para protegê-lo. Pensei no Joel e no Luíde no meio daquele horror todo e senti o coração gelar.

— Fica aí, Oliver — disse Bel. — Tenho que voltar.

Ela começou a correr de volta para aquele cenário apocalíptico. Fui atrás e a segurei. Precisávamos de respostas, mas, pra encontrá-las, precisávamos estar vivos.

— Me solta, Oliver! Você já está bem... Agora eu preciso encontrar o Joel!

Ela se debatia nos meus braços, parecia fora de si.

— Bel, não dá pra voltar agora — insisti.

— Não, eu tenho que salvá-lo! Me solta... — gritava, dando socos no ar, dos quais consegui me desviar sem soltá-la.

— O buraco era muito fundo, Bel — tentei argumentar. — Não sei se ele resistiu à queda...

— Não! — interrompeu ela.

Senti que sua força se dissipava outra vez.

Bel estava muito fragilizada, tendo soluços, com o rosto pálido e os olhos duros diante da tempestade que se aproximava.

— Precisamos ir — falei baixinho.

— Eu perdi a minha única família, Oliver... — disse ela, sentando-se no chão, com os ombros encolhidos, em lágrimas e soluços.

Eu sabia o que ela estava sentindo... Afinal, a perda era minha companheira. Primeiro meu pai, depois meu vô, minha vó em seguida e, naquele momento, não sabia se minha mãe estava viva. Tinha perdido todos que amava, mas não dava para sentir aquilo tudo naquele momento. Era demais pra mim.

— Bel, você tem a mim — eu disse, tentando confortá-la. — Vamos sair daqui... Temos que fugir dessa tempestade e descobrir como salvar a floresta.

Ela demorou um pouco pra reagir. Fiquei com a mão estendida, até que ela consentiu em vir comigo. Caminhamos pra longe dali.

Agora que Bel havia perdido sua força e estava vulnerável, eu tinha que tirar coragem de algum lugar dentro de mim. Meu estômago se revirou todinho, porque eu nem sabia pra onde ir. Seguir em frente parecia uma boa ideia. Enquanto caminhávamos, pensei em como eu poderia ser especial, qual seria a tal habilidade diferente que eu teria. Lembrei-me de alguns super-heróis dos quadrinhos, que da noite para o dia ficam mais fortes e começam a testar seus poderes. Mas eu não sentia nada, a não ser cansaço e dor. Tentava puxar da memória algo estranho que possa ter acontecido durante a minha vida... Fora o fato de ter crescido longe do meu pai, não havia nada de diferente. Isso me fez pensar que eu poderia ter aproveitado melhor a vida, prestado um pouco mais de atenção nos detalhes. Mesmo sem poderes especiais ou algo do tipo, eu deveria ter deixado um pouco de lado os jogos e canais no YouTube para viver e criar a minha própria história na realidade. Está aí um poder que todo mundo tem e poucos se tocam do quão mágico é.

A caminhada continuava e Bel não tomava iniciativa nem dizia nada. Tive a impressão de que aquela garota que dava nome às árvores foi embora junto com o Joel. Mas eu precisava achar alguma pista, algo que me ajudasse a salvar a floresta. Ele não tinha dito muita coisa...

Queria perguntar pra Bel tudo o que ela sabia, sobre os nazistas, a tal chave e as minhas supostas habilidades especiais, porque, aparentemente, eu era só um completo desastrado. Mas entendi que não era o momento. Não era hora pra perguntas.

Caminhamos por um bom tempo, passamos pela mesma árvore umas vinte vezes, até que a Bel se irritou.

— Você seria um péssimo escoteiro, Oliver Júnior. Estamos andando em círculos e daqui a pouco fica escuro — reclamou, cruzando os braços.

Talvez andar em círculos fosse uma das minhas habilidades especiais. Parei na hora.

— Você podia ajudar, já que conhece a ilha muito bem — disse, sem disfarçar que estava chateado.

Bel revirou os olhos. Contemplou o céu, pensativa. Sem falar nada, começou a andar e fui atrás dela, porque não ia ficar ali sozinho. Andamos mais uma vez em círculos, a Bel zangada e triste era pior que um GPS com defeito. Acabamos desistindo, exaustos. Meus pés doíam muito, como se houvesse espinhos entre os dedos. Sentei na raiz de uma árvore e Bel, ao meu lado. Ficamos em silêncio, escutando o vento soprar os galhos das árvores. Suspirei fundo. O que faríamos?

Eu me lembrei do que Joel disse sobre os nazistas que tentaram dominar a ilha décadas antes e me veio à mente a caixa com o símbolo nazista. Pensei em Deon e seus capangas... Será que ainda nos procuravam? Só faltava essa...

Olhei pra cima. O tronco da árvore era longo e grosso, com um símbolo inscrito. Eu me levantei. Tentei subir pela raiz protuberante para chegar até o desenho. Virei pra Bel, queria pedir ajuda, mas ela não estava prestando atenção. Seus olhos estavam fixados no chão e a mente parecia distante.

Tentei subir em outro galho e fui sugado para dentro de algo. Só sei que caí com toda a força num chão arenoso. Fiquei sem ar por alguns segundos enquanto retomava a consciência.

Assim que a poeira baixou, olhei para cima. Bel espiava para dentro do buraco onde eu estava.

— Oliver, você está bem?

Eu me levantei e observei o lugar, esfregando os olhos. Para minha surpresa, era um túnel! Infelizmente, não dava para ver muita coisa, a única luz vinha da entrada por onde eu tinha despencado.

Escutei um barulho e, pronto, Bel estava ao meu lado.

— O que é esse lugar? — perguntei.

Vi que as paredes eram de concreto, e não de areia. O teto era bem alto.

— Como vou saber? — respondeu ela, dando de ombros antes de começar a procurar pistas pelas paredes.

Nessa hora, pensei, *como sairíamos dali?* Por que raios Bel tinha que descer também? Eu me lembrei da câmera na mochila, o flash poderia ajudar a enxergar melhor o local. Mas, quando tirei a câmera, percebi que ela não ligava. Estava quebrada ou a bateria tinha arriado, não sei. Ouvi, então, um barulho alto, e me joguei no chão tapando os ouvidos. O túnel foi sendo iluminado até uma porta vermelha. A Bel encontrou algum tipo de interruptor e eu tinha acabado de demonstrar outra habilidade especial: passar vergonha.

Levantei rápido, fingindo que não tinha acontecido nada. Ninguém se mexeu durante alguns minutos. Analisamos o local e a Bel começou a se mover. Estávamos com medo do que poderíamos encontrar atrás daquela porta vermelha. Talvez déssemos de cara com os capangas do Deon, mas a esperança de encontrar a saída foi mais forte.

O trajeto era intimidador. Parecia um corredor da morte, desses de filme de terror, com luzes piscando, que apontam para uma porta sinistra. Havia uns canos de ferro nas paredes – bem enferrujados, por sinal – e o chão era uma mistura de areia com escombros de madeira. A cada passo tínhamos que desviar de algo quebrado ou podre no chão. O lugar parecia desmoronar aos poucos.

Quando chegamos em frente à porta vermelha, tentei girar a maçaneta, mas estava tão enferrujada e gasta que se soltou na minha mão.

— Bel, acho que vamos ter que empurrar — eu disse, colocando-me na frente da porta, grossa e pesada, mas que parecia estar apenas encostada.

Contamos até três e forçamos a porta. Fez um barulhão, mas ela não se abriu. Ouvimos mais ruídos vindo de trás da porta. Deu medo de continuar com aquele plano, o barulho que vinha de dentro era assustador.

Ainda assim, decidimos tentar de novo. Pegamos um pouco mais de distância e, antes mesmo de iniciar a contagem, a Bel pediu uma pausa pra pegar algo que tinha guardado.

— O cartão do Deon! — disse, olhando ao redor em busca de um lugarzinho em que pudesse encaixá-lo. E podia. Ela inseriu o crachá e no mesmo segundo a porta se abriu. Levamos um baita susto quando de dentro saiu um monte de morcegos, passando velozes sobre nossas cabeças, uma barulheira sem fim. Pensei em me jogar no chão, mas já tinha estourado a cota de vexame. Minha cara de assustado e minhas mãos socando o ar já eram o suficiente pra deixar aquela cena grotesca.

Estava tudo escuro do lado de dentro. A Bel entrou apalpando a parede ao lado da porta, achou uma alavanca e a puxou. Ouvimos um barulho de coisa velha sendo ligada e as luzes começaram a se acender – algumas estouraram com a força da energia. No começo, a iluminação era fraca, mas foi ficando mais intensa e o ambiente revelou algo sinistro.

9

Eu não podia acreditar no que via ali. Era um salão com muitos equipamentos antigos e enferrujados, o teto coberto por blocos com o desenho de uma ave carregando a suástica nazista e mesas repletas de papéis empoeirados. Parecia que o local tinha sido abandonado de uma hora pra outra. No canto da sala, dava para ver algumas prateleiras com aquários de vários tamanhos, cheios de um líquido amarelo escuro. Cada caixa de vidro tinha uma coisa deformada dentro. Pareciam cortes e fetos humanos e animais apodrecidos.

Olhei para o lado e vi uma mesa com um tipo de computador pré-histórico. Tinha tantos botões que deixaria confuso até o nerd mais louco por computadores. As paredes encardidas estavam cheias de papéis. Uma areia fina caía do teto, prestes a desabar. Deu um frio na espinha.

Começamos a explorar o lugar. Tentei tirar um pouco do pó das folhas na mesa. Eram mapas feitos à mão, numa língua que parecia alemão. Nessa hora eu me lamentei por não ter aprendido o idioma na escola. Mal sabia inglês...

Depois de analisar aqueles papéis, percebi que eram mapas da região. A ilha estava representada de várias formas e cores. Reparei no rio Gurupi, desenhado ao redor da ilha, e nem percebi que a Bel tinha me chamado. Estava fascinado com o que via nos mapas.

— Oliver! — gritou ela, com os olhos arregalados. Ela segurava alguns papéis antigos. Além de vários escritos em alemão, havia desenhos e gráficos. Olhei ao redor e notei um armário de ferro que parecia de arquivos. Nele poderia haver algo que explicasse do que se tratava aquele lugar.

O armário estava tão velho e enferrujado que fez um barulhão quando abri a primeira gaveta (e mais morcegos sobrevoaram a sala). Havia dezenas de pastas em ordem alfabética. Peguei um arquivo qualquer e vi uma foto em preto e branco de um homem de cabelos ralos e óculos de grau redondos. Vestia um jaleco branco e estava ao lado de outro homem, magro, com o olhar triste. O olhar dele me marcou, pois parecia clamar por ajuda. Junto dessa foto havia uma ficha, também em alemão, e eu não tinha como entender. Olhei ao redor e concluí que estávamos em uma unidade nazista no meio da Floresta Amazônica. Joel disse que tinha traduzido alguns documentos junto com meu pai. A sala estava repleta deles... Tive então certeza de que estiveram ali.

Precisava vasculhar aqueles documentos para tentar entender o que Joel queria me dizer.

— Bel, temos que ir até a sua casa — eu disse, rompendo o silêncio.

— A minha casa? — surpreendeu-se, largando os papéis.

— A menos que você saiba alemão, temos que achar os documentos que o Joel traduziu.

Ela franziu a testa.

— Tudo bem, mas você já sabe como sair daqui? — ela perguntou.

Foi aí que me lembrei de que estávamos presos naquele lugar.

— Ok! Esse local parece ser enorme... Vamos procurar alguma saída — respondi, enquanto apalpava as paredes.

Procurava por um compartimento secreto — nos filmes sempre tem, né? A Bel começou a mexer nas coisas sobre as mesas. Passamos um tempão e não achamos nada que pudesse nos tirar dali.

— E agora? — perguntei.

Ela ficou pensativa e analisou o lugar. Foi até um armário e olhou por trás dele.

— Oliver, me ajuda aqui — disse, empurrando o móvel superpesado.

Comecei a empurrar no mesmo sentido que ela. O som do atrito do armário com o chão era terrível. Outra vez, morcegos voavam assustados pela sala.

Havia uma porta estreita atrás do armário, com a tinta descascando. Checamos, mas não encontramos nenhum mecanismo pra inserir o cartão. A porta parecia frágil e decidimos arrombá-la. Não precisou de muita força, caímos os dois pra frente – e, adivinhe, dei de cara com o chão. Meu rosto ficou cheio de lodo e areia. Pela reação da Bel, acho que eu ganharia um concurso de Halloween com aquele visual. É claro que eu tinha que cair pela 306.198 vez – ok, estou exagerando –, mas perdi as contas de quantas vezes me esborrachei desde que aquela aventura maluca começou.

A porta nos levou a uma sala onde encontramos uma escada velha de ferro com degraus faltando e outros pela metade. Parecia a única saída daquele lugar. Bel subiu primeiro, com o maior cuidado pra não cair. Já eu, por mais cuidado que tivesse, estava conformado de que o chão me sugaria.

— Vem, Oliver. Me ajuda aqui — pediu Bel ao se deparar com uma tampa de ferro bem pesada.

Subi com todo o cuidado do mundo. A escada oscilou um pouco, fez um barulho danado, mas até que me surpreendi quando cheguei intacto ao topo. Percebi que a tampa de ferro estava emperrada. Quanto mais força a gente fazia pra abrir, mais a escada rangia e mais areia caía nos nossos olhos. Em dado momento, achei que a escada fosse quebrar, mas logo conseguimos empurrar a tampa pesada pro lado. Subimos imediatamente. Ufa, pisávamos em terra firme, do lado de fora!

O céu estava escuro. A Bel pegou o lampião amarrado na minha mochila pra iluminar o caminho até a vila. Eu já não sentia meus pés e cada parte do meu corpo doía. Juro que chegou um momento em que pensei que estava flutuando...

— Ali! — gritou Bel, fazendo com que eu pulasse de susto.

Ela apontou para o horizonte. Do local mais elevado em que estávamos, avistamos as luzinhas meio amareladas da vila.

Descemos um barranco arenoso e corremos naquela direção. Eu não via a hora de chegar à casa de Joel e achar os documentos traduzidos. Mas, no meio do percurso, percebi que a floresta havia ficado mais escura, dando ao caminho que seguíamos um acabamento de espinhos e arbustos secos. Senti um cheiro forte de podre e comecei a ficar enjoado. O que antes era floresta agora se revelava uma espécie de vale da morte. As plantas pareciam ter desenvolvido espinhos para arranhar e dificultar a passagem e a trilha se tornou um corredor estreito entre galhos secos que rasgavam as nossas roupas e nos machucavam a cada passo. Não havia espaço para nos livrarmos daqueles galhos sem nos arranharmos, mas tínhamos que seguir em frente. Eu me sentia perto de desvendar tudo o que estava acontecendo (ou quase tudo).

No entanto, quanto mais andávamos pela floresta, mais eu me sentia em um interminável labirinto. Era como se a natureza estivesse contra nós, fazendo algum tipo de jogo. Para nossa sorte, a Bel parecia saber a direção, guiando-se pelo céu. Mais uma vez, senti inveja de não saber me orientar pelas estrelas... A exaustão era tanta que eu não conseguia fazer perguntas – apenas andava e andava.

Quando o meu corpo já estava se entregando à exaustão, fui despertado por um "Chegamos!" bem alto. Pude sentir o alívio na voz da Bel. Estávamos na vila.

Contudo, o clima estava diferente. O silêncio da rua vazia só era rompido pelos passos dos capangas do Deon, que agora rondavam por lá. Senti falta dos sapos coaxando e dos grilos cantando... Os homens andavam de um lado pro outro, com seus ternos imponentes, como se fossem carcereiros de uma grande prisão ao ar livre. Alguns pareciam procurar algo. Acho que nós.

Seguimos sorrateiramente nos espremendo pelas paredes dos fundos das casas, para que não notassem nossa presença. Tinha certeza de que nos esperavam. Bel indicou alguns atalhos até uma casinha de cimento batido. A casa era bem velhinha, mas dispunha de uma varandinha de madeira ao redor. Avistamos capangas de Deon cercando-a, e não seria tão fácil entrar ali. Era nitidamente a mais vigiada de todas. Meu pavor aumentou quando percebi que estavam armados.

— O que faremos agora? — perguntei, com a sensação de que não havia muito que fazer.

Bel pensou por um instante.

— Vem comigo — disse, virando-se para a direção oposta, apressada.

É claro que a segui. Tentávamos não chamar a atenção, o que era um pouco complicado pra mim, já que sou tão desastrado. Depois de um tempo, Bel parou diante de outra casa, que literalmente caía aos pedaços. Só metade de sua estrutura se mantinha de pé com pedaços de taipa quebrados no chão. Parecia que a outra metade tinha desabado durante uma chuva.

— O que você pretende fazer? — perguntei receoso.

— Vamos tocar fogo nela — respondeu Bel, olhando fixamente pra casa abandonada.

— Você pirou? Como isso vai nos ajudar? — questionei, sem entender a relação entre queimar uma casa pra entrar em outra.

Então, como num estalo, percebi o que Bel queria fazer: chamar a atenção dos capangas com o incêndio para que pudéssemos entrar na outra casa. Se alguém tinha habilidades especiais naquela dupla, era ela, não eu.

Com a caixa de fósforos da minha mochila, Bel ateou fogo nas taipas. Como o que restava do telhado era de palha, não demorou para a chaminha virar uma grande bola de fogo no meio da vila.

Ouvimos pessoas gritando e os rádios de comunicação dos capangas apitando desesperadamente. Todos correram para ver o que acontecia. Aproveitando que toda a atenção estava voltada para a grande fogueira no meio da vila, corremos pelos fundos em direção à casa de Joel. Tínhamos pouco tempo.

A casinha era aconchegante, mas sem luxo. Havia um sofá marrom, coberto por um manto cor de "burro quando foge", uma televisão de tubo e uma pequena estante com as portas abertas, além de alguns porta-retratos quebrados no chão. Um mostrava Bel pequena, nos braços de Joel. Ela fazia careta pra câmera numa pose que não me surpreendia nem um pouco. Parecia feliz na foto, o que me deixou com um nó na garganta. A casa estava revirada e destruída e, de alguma forma, me sentia mais próximo da Bel.

— Oliver, vem! Por aqui... — disse ela, gesticulando pra que eu a seguisse.

Escutávamos a movimentação lá fora. Eu temia que apagassem rapidamente o incêndio e ficássemos presos ali. Percorremos um corredor estreito que dava para três portas, escancaradas. Entramos em um quarto pequeno, como tudo naquela casa. Havia uma cama revirada, um guarda-roupa com as portas quebradas, uma cadeira de madeira no chão e uma escrivaninha velha.

— Aqui era o quarto do Joel — explicou ela, desviando de objetos no chão enquanto se dirigia à escrivaninha. — Esta gaveta tem um compartimento secreto, mas precisamos encontrar a chave — acrescentou, com a mão no queixo.

Olhei em volta, me perguntando onde ele poderia ter escondido, mas aquele lugar estava um caos e o nosso tempo, prestes a se esgotar.

Fui até a cama e levantei o colchão, mas não achei nada. Bel vasculhava a escrivaninha enquanto eu me dirigia ao guarda-roupa. Hesitei um pouco em mexer nas roupas do Joel, mas tinha que encontrar logo a chave. Na verdade, temia que os capangas lá fora estivessem com ela.

Revirei o guarda-roupa com a Bel, que passou a me ajudar depois que viu que na escrivaninha não tinha nada. Como continuávamos sem encontrar, comecei a ficar desesperado. Ela andava de um lado para o outro... Ouvíamos gritos e o ruído de passos pesados vindos de fora. Parecia que todo mundo estava correndo.

— Não, não... — disse Bel, balançando freneticamente a cabeça. — Tem que estar aqui! — prosseguia, voltando a andar pelo quarto.

— Já procuramos em todo lugar, Bel. Tem certeza de que ele não colocaria em outro lugar?

Ela ficou em silêncio por um tempo, até que saiu do quarto e me deixou sozinho. Antes que eu pudesse sentir aquele frio na espinha pela certeza de que nossa visita à casa não terminaria bem, Bel voltou com um urso de pelúcia nas mãos, um pouco sem graça.

— Foi o primeiro presente que Joel me deu — explicou. — Ele disse na época que o urso era mágico e que, quando me sentisse sozinha, era só abraçar o ursinho que eu sentiria seu abraço onde quer que ele estivesse.

Bel contemplou o urso por um instante e pude ver uma lágrima escorrer por seu rosto.

— E aí, assim, eu o sentiria de volta... — completou antes de me entregar o urso.

Franzi a testa. O que ela queria que eu fizesse com aquilo? Fiquei olhando pra ela, tentando entender, com outro nó na garganta. Àquela altura minha garganta parecia uma gaveta cheia de fones de ouvido, os fios completamente embolados. Ela tomou o urso da minha mão, virou o bichinho de cabeça para baixo e começou a rasgar a costura da parte de trás. Eu observava incrédulo aquela exumação. Parecia que a Bel tinha ficado maluca de vez. Até que escutei o tilintar de uma coisa caindo no piso. Era uma chave velha e enferrujada! Peguei-a do chão e sorri pra Bel. Ela deu um abraço apertado no ursinho, fechando os olhos. Era um abraço tão puro que minha visão ficou turva na mesma hora. Não aguentei, choramos juntos.

O rosto dela, antes pálido, ganhou um pouco de cor. Desejei ter tido um urso mágico daquele para abraçar todas as vezes que senti falta do meu pai – ou de ter um pai. Mas tínhamos de seguir em frente. Fui até a escrivaninha e enfiei a chave na fechadura do compartimento secreto, que se abriu. Dentro havia muitos papéis. Comecei a ler tudo que encontrava, compartilhando com a Bel. Eram fichas de pessoas que foram usadas como cobaias em experiências nazistas. Havia imagens de fetos modificados, e tinha decidido não olhar, mas sou curioso de carteirinha.

Concluí que aquela área em que estivemos era muito maior do que eu imaginava, e que ali ocorreram muitos experimentos bizarros, a maioria com seres humanos.

Embaixo da papelada, encontrei também uma caderneta.

— O que é isso? — perguntei, abrindo-a.

— O Joel nunca me deixou ler o diário dele — interveio Bel.

Mas não pensei duas vezes e comecei a ler. A letra dele não era das melhores, mas dava para entender algumas coisas.

Hoje recebi uma visita incomum. Um cacique da tribo Gurupirá veio me pedir ajuda e me contou uma história maluca sobre uma base nazista dizimada por guerreiros indígenas que se sentiram ameaçados por sua presença na região. Segundo o cacique, décadas atrás, os índios encontraram na base um bebê dentro de uma gaiola. Eles resgataram a criança e a colocaram na porta de uma das casas daqui da vila. O cacique não soube me dizer de quem era, mas tenho uma suspeita...

Virei a página.

O índio gurupirá me falou sobre uma cidade de ouro que os nazistas estavam procurando...
[...]

Amanhã, irei com o índio até a base secreta nazista. Não sei o que me espera lá, mas quero encontrar mais informações.

Folheei mais páginas.

É um lugar frio e misterioso. Definitivamente, não quero voltar lá. Temo que o local possa desabar e tenho medo de deixar a Bel sozinha neste mundo... Mas trouxe muitos papéis. Tenho traduzido o conteúdo aos poucos com a ajuda do dicionário alemão que a professora da vila me deu. Espero colher mais informações em breve...

Prossegui com a leitura.

Tenho que esconder esses documentos. Descobri algo que parece coisa de maluco, mas acredito que seja verdade. Compartilhei a descoberta apenas com o Oliver. Ele ficou estranho, mas parecia entender. Tenho medo de ser taxado como louco na vila... Oliver sente o mesmo.

Cheguei à última página.

Com a ajuda de alguns caciques, consegui traduzir as palavras do mapa do portal. *Não estavam em alemão, mas numa língua antiga, cravada em uma pedra da pirâmide.* Dizia: *"As águas agitadas o levarão aonde ninguém mais pode ir, ao topo do triângulo feito de pedra. Quando a lua esférica iluminar o céu, um feixe de luz surgirá e lá estará a chave da cidade dourada. A chave de tudo. Bastará o escolhido girá-la".*

Depois disso, dezenas de páginas em branco. O que aquilo queria dizer?

— A chave de tudo, bastará o escolhido girar — repeti.

Bel olhava pra mim, intrigada.

Voltei a atenção pra outro papel, que falava sobre uma criança peculiar, capaz de fazer coisas extraordinárias. Havia apenas uma foto desse bebê, não encontramos outros registros dele no material.

Experimento X: feto 3301.
Anotações: sobreviveu ao entrar em contato com o oxigênio. O experimento está desenvolvendo uma extraordinária visão periférica. Aprendizagem rápida. Não foram detectadas dores por seu corpo. Força e agilidade fora do comum.

O que aquilo queria dizer? Joel havia dito que um bebê havia nascido com poderes, mas não disse o que aconteceu com ele. Na hora, me lembrei da história maluca de eu ser especial. Eu seria o tal bebê superpoderoso? Essa hipótese logo se desconstruiu quando notei que meus pais ainda nem tinham nascido à época em que foi tirada a foto. E, bem, se eu fosse um super-herói, seria mais algo como um superdesastrado.

Joel tinha traduzido muitos documentos. Notei entre eles uma página rasgada. Era um mapa da ilha, com dizeres em alemão e um caminho traçado. Mas, sem a parte que faltava, ficava difícil saber o local pra onde o traçado apontava.

Por algum motivo, eu acreditava que a outra metade do mapa estaria no quarto do meu pai lá na fazenda.

Juntamos os papéis sobre a cama.

— Sério que você quer voltar lá? — perguntou Bel, confusa.

— Precisamos achar a outra metade do mapa pra encontrarmos minha mãe — expliquei. — Acho que a outra metade desse mapa está no quarto do meu pai.

— E como sabe que a outra metade está lá? — duvidou, cruzando os braços.

— Eu não sei, Bel... Eu não sei de nada! — confessei. — Estou tentando fazer alguma coisa para encontrar a minha mãe...

Recolhi todos os papéis, achando que em algum momento seriam úteis. Bel pegou uma mochila pra ela e guardou tudo lá. Em seguida, apanhou o conjunto de arco e flecha e estava pronta. Eu só tinha comigo um cantil velho do vô, uma pedra inútil, um mapa pela metade e uma câmera e um celular descarregados.

Saímos pelos fundos da casa. Bel abria caminho ao longo da floresta morta. Estava bem escuro, mas não havia sinal dos capangas. Será que ainda estavam apagando o fogo?

Deon devia estar atrás de nós. De mim, principalmente. Não sabíamos o que iríamos encontrar na fazenda.

10

Bel andava rápido e eu tentava acompanhá-la, apesar de tropeçar várias vezes em galhos caídos, folhas secas, pedras e qualquer coisa que surgia no caminho. Voltei a sentir falta do barulho pacífico dos grilos e sapos. Quando estávamos prestes a chegar à fazenda, escutamos algumas vozes ao longe. Nós nos escondemos, nos aproximamos e conseguimos avistar a árvore queimada. Vimos Deon e seus capangas limpando o local. Meus olhos tremeram quando percebi que a casa dos meus avós não estava mais lá... O terreno havia sido completamente revirado. Apenas a árvore queimada permanecia no lugar. Eu me dei conta, então, de que tinham apagado a nossa existência. Bateu um vazio e meu coração acelerou.

— E agora? O que vamos fazer, Bel?
— Espera um pouco — respondeu, concentrada.
— Estou pensando em algo.
— Esperar? — protestei, com a certeza de que tinham achado a outra metade do mapa antes de derrubar a casa. — Não podemos deixar isso ficar assim! — gritei, já bastante alterado.
— Quer ficar calmo, Oliver? — disse Bel, voltando a se concentrar.
— Como assim, "calmo"? Não tem mais casa, não tem mais nada lá! Eles destruíram tudo e estão com a minha mãe! — resmungava, andando de um lado pro outro.
— Então, vamos lá arrancar a outra parte do mapa das mãos deles — sugeriu Bel.
— Eles vão nos pegar! — hesitei. — Eles são fortes e estão armados...
— Quando é que você vai criar coragem, Oliver? — interrompeu Bel, elevando o tom da voz a cada palavra.
— Quando é que vai ser mais parecido com o seu avô? Até agora, tudo que você fez foi reclamar de dores no corpo, dizer que vamos morrer... Estou cansada, Oliver. Desde que você chegou à ilha, só acontecem coisas ruins!

Bel terminou o sermão gritando, com lágrimas nos olhos. Engoli em seco, antes de sermos surpreendidos.
— Mas olha quem encontro aqui, os dois fedelhos — dizia Deon, logo atrás de nós.
— Corre! — gritei para Bel, que atendeu a minha sugestão, mas para o lado oposto.

Os capangas de Deon correram atrás dela e ele atrás de mim.

Eu estava todo arranhado, mas não parava de correr pela mata morta. O meu tamanho garantia uma leve vantagem na mata, abrindo caminho. Mesmo assim, Deon seguia no meu encalço, dava até para ouvir sua respiração. Ele gritava algo que eu não entendia, acho que falando em alemão pelo rádio. De repente a mata acabou e ficou tudo escuro. Foi quando desabei no vazio, como se caísse de um precipício. Exagero meu. Logo, senti a água fria nos pés e me toquei de que tinha chegado às margens de um rio. Fiquei paralisado. Escutei Deon respirar forte atrás de mim e o estalo do mecanismo de sua arma. Senti que estava prestes a disparála.

Preferi não olhar pra trás. Fixei o olhar na lua, em busca de alguma saída para aquela situação, e levantei as mãos bem devagar. Senti que tinha falhado, que aquele era o fim. O suor gelado descia pelas minhas costas, fazendo com que a camisa grudasse na pele. Eu estava tão machucado que parecia ter rolado num chão cheio de espinhos. Deon ordenou que eu jogasse a mochila pra trás. Eu a retirei das costas sem pensar duas vezes e a lancei em sua direção.

— Pelo visto vocês sabem sobre o portal e fizeram o favor de achar a outra parte do mapa pra mim — debochou Deon, antes de colocar um capuz na minha cabeça. — Agora você vem comigo, fedelho!

Começamos a andar. O capuz só piorava a minha habilidade natural de caminhar pela floresta. Depois de várias topadas e esbarrões, paramos. Ele tirou o capuz da minha cabeça e me amarrou a uma árvore. Olhei ao redor e percebi que estávamos num acampamento. Onde estaria a Bel? O pânico já tomava conta de mim. Torcia pra que tivesse conseguido fugir dos capangas pra pedir ajuda...

Mas eis que dois homens apareceram com ela, cada um a segurando de um lado. Apesar da esperança desfeita de que aquela pestinha tinha conseguido fugir, fiquei aliviado e mais seguro ao vê-la. Os dois homens estavam quase sem fôlego. Ela devia ter dado mais trabalho que eu...

— Tragam essa insolente para cá e a amarrem — ordenou Deon.

Bel se revirou e tentou se libertar, mas já estava cansada e os homens conseguiram amarrá-la rapidamente.

— O que querem com a gente? — gritei para eles.

Aquele era meu jeito desesperado de pedir ajuda. Tinha esperanças que alguém estivesse por perto, sei lá. Onde estava o Luíde nessas horas? Ou o meu pai? Então era assim que ele me protegia?

Deon revirou a mochila da Bel e encontrou os papéis de Joel. Sorriu, satisfeito.

— Sei que vocês sabem como encontrar El Dorado — disse ele, ao se aproximar de mim. — Aquele velhote do Joel desapareceu e é por isso que vocês vão se tornar meus prisioneiros, e nos levar até a cidade perdida do ouro — concluiu, com os olhos brilhantes, que mais pareciam duas labaredas de fogo.

— Eu não sei chegar lá — rebati.

— Não somos burros, rapaz. Seguimos vocês desde que saíram da vila e foram para a base nazista — disse, sorrindo de lado.

— Mas eu não sei...

— Não se atreva a esconder o jogo, gordinho. Ou pode dar adeus à sua mãe — arrematou, dando uma gargalhada maquiavélica, que me fez estremecer ao mesmo tempo em que me aliviou por saber que ela estava viva.

— Tudo bem — eu disse.

— Oliver, não! Ele está jogando com você — gritou Bel.

Deon ergueu a manga de sua camisa social pra checar o relógio dourado, como se estivesse contando os segundos. Na sequência, ordenou pelo rádio:

— Matem a garota!

Minha cabeça quase explodiu quando ouvi isso.

— Não! — implorei desesperado. — Eu conto! Por favor, só preciso ver o mapa...

— Esperem — disse Deon pelo rádio.

Ele me mostrou os dois mapas, que, juntos, faziam mais sentido. Estava óbvio que o local era a pirâmide, já que havia um X enorme sobre ela no mapa. Deon só não sabia o que fazer pra abrir o tal portal da cidade de ouro porque desconhecia aquela língua. Então repeti o que havia lido:

— "As águas agitadas o levarão aonde ninguém mais pode ir, ao topo do triângulo feito de pedra. Quando a lua esférica iluminar o céu, um feixe de luz surgirá e lá estará a chave da cidade dourada. A chave de tudo. Bastará o escolhido girá-la."

Bel me olhou de cara feia e virou o rosto. Eu não entendia como ela podia ser tão birrenta naquela situação.

— É minha mãe que está correndo perigo! — argumentei.

Deon mandou que os homens colocassem Bel ao meu lado. Ela colaborou, enfim:

— A pirâmide fica pra lá — disse, apontando com as mãos amarradas.

— Vocês não estão querendo me enganar, né? — certificava-se, Deon.

Bel respondeu que não. Deon me encarou.

— Se tentarem me enganar, você não vai gostar do que farei com a sua mãe, gordinho. Sem contar o que farei com vocês... — ameaçou Deon. — Vamos passar a noite aqui e seguimos para a pirâmide ao amanhecer.

Ele gesticulou pros capangas e logo fui amarrado também. Eu não ia fugir. Na verdade, estávamos tão fracos e exaustos que apagamos quando nos deixaram descansar num canto.

O dia amanheceu na floresta no vale da morte. Acordei com chutes nas costas. Bel já estava com os olhos duros, xingando os capangas. Logo nos colocaram pra andar. Eu era levado por um dos homens de Deon; Bel, por dois. Durante alguns segundos, fiquei mal por isso.

Também não sabia como tínhamos chegado àquela situação e muito menos como sairíamos dela. Decidi focar na caminhada, o que funcionou por um tempo, mas logo sofria com a sede. Parei de andar, freando por consequência o homem que me puxava.

— Estou com sede — eu disse. — Será que dá pra arranjar um pouco de água? — pedi, com um sorriso amarelo.

— Ô, chefe! O fedelho quer beber água... — zombou.

— Deixe que ele beba água do rio — disse Deon, olhando pra mim com desprezo.

Andamos um pouco e chegamos a um rio de água meio turva. Fiz uma conchinha com as mãos amarradas e me hidratei como nunca. Naquela hora, cogitei mil coisas pra escapar do capanga, mas o medo falou mais alto. Começava a compreender, contudo, que todo mundo tem medo. O Deon tinha medo; o capanga, também. Na mesma proporção que eu, quem sabe. Talvez a diferença entre uma pessoa corajosa e uma covarde seja que a primeira enfrenta o medo enquanto a segunda se deixa paralisar. Antes que eu decidisse sobre o que seria a partir de então, o capanga começou a me puxar e voltamos a caminhar.

Quando o sol estava mais forte no céu, chegamos à pirâmide. Notei logo que a pedra que quase levou a minha vida tinha quebrado parte da muralha, abrindo um buraco entre as pedras amontoadas pelo qual era possível passar. Todos estavam cansados, incluindo Deon. Ele se sentou no tronco de uma árvore e tomou água de sua garrafa. Já fiquei com sede de novo. Deixaram a gente se sentar também, mas ninguém ofereceu água.

— O que aconteceu com a pirâmide? — perguntou, zangado.

— Está com um buraco, não vê? — respondeu Bel, com seu jeitinho.

Eu sabia o quanto esse lugar tinha feito mal pra ela, que se segurava pra não desabar. Na última vez em que estivemos ali, Joel tinha sido sugado pelo buraco e quase morremos tentando sair da pirâmide.

Mal deu tempo de descansar e já subíamos seus degraus quebrados. Se antes a tarefa já era complicada por causa do lodo, agora era quase impossível. Sorte minha que eu estava amarrado – se despencasse, o guarda me seguraria. A não ser que, bem, despencasse junto comigo.

Quando finalmente chegamos ao topo, a luz do sol refletia nas laterais das pedras... Do lado de dentro, um feixe daquela luz prateada que iluminou Joel atravessava calculadamente um buraco no teto pra focar num buraquinho na parede. O chão permanecia misteriosamente intacto. Com muito cuidado, Deon foi até o buraquinho que a luz destacava e começou a apertá-lo de todas as formas. Esperamos por alguns minutos as várias tentativas do Deon, mas nada aconteceu.

Ele se virou pra gente.

— Desamarrem esses fedelhos — ordenou.

Um dos capangas me segurou pelo braço enquanto o outro desamarrava meus pulsos. Outros dois fizeram a mesma coisa com a Bel.

— Agora, tragam esses fedelhos aqui! — gritou o chefe.

Os homens me pegaram e me arrastaram para perto das pedras.

— Melhor a garota! — disse Deon. — Ela é daqui e parece mais capacitada pra abrir esse portal.

Arrastaram a Bel para perto das pedras e colocaram sua mão direita no ponto que Deon tocou anteriormente. Ela apertou. Houve um momento de silêncio e nada aconteceu.

— Nesse caso, ela não tem utilidade — bradou Deon. — Podem jogá-la lá embaixo — ordenou.

Fiquei alucinado. Dois homens pegaram a Bel, um em cada braço, e ela começou a se debater, tentando se livrar daquela situação maluca.

— Não! Por favor, não! — gritei, tentando me aproximar.

Deon me pegou pelo pulso e colocou a minha mão na pedra e, de novo, nada aconteceu. Bateu um desespero. Antes que os dois capangas jogassem a Bel escadaria abaixo, notei uma luz muito forte saindo de dentro da minha mochila que estava com um dos capangas.

— A pedra! — urrei, com todas as minhas forças.
— Que pedra, fedelho? — perguntou Deon.
Os homens estavam prestes a empurrar Bel.
— Olha dentro da minha mochila! — insisti. — Tem uma pedra brilhante... A pedra é a chave!
Os olhos de Deon ficaram maravilhados ao notar a luz que saía da mochila. Enquanto ele caminhava até lá, eu não tinha certeza do que se seguiria. Fiquei inerte, torcendo para que a minha hipótese maluca fizesse sentido. A vida da Bel dependia disso.
Ele puxou a pedra e ela rapidamente iluminou todo o lugar. Tentou, então, encaixá-la no buraquinho. Foram os segundos mais longos da minha vida, mas a pedra coube perfeitamente, fazendo com que se abrisse outro buraco no chão da pirâmide. Deon, que estava mais perto, levou um baita susto. Na sequência, uma luz forte iluminou o teto, revelando ali um portal brilhante, azul reluzente. Deon foi até o feixe gigantesco de luz e tocou a crosta do portal. Ele sorria, incrédulo. Tinha finalmente encontrado o portal pra cidade de El Dorado.
— É agora que eu fico rico — divertia-se. — Agora vamos ver se as doses do dr. Heisen, que tomei a vida inteira, vão surtir efeito...
Deon colocou as mãos aos poucos e começou a ficar vermelho. À medida que seu corpo adentrava o portal, a luz ficava ainda mais forte, até que mudou de cor. Um vermelho intenso agora deixava aquela experiência ainda mais assustadora. O semblante dele era de dor. Deon

começou a gritar e aquilo me assustou pra caramba. Eu me encolhia no chão e não conseguia me mover. Dois dos capangas tentaram ajudar Deon a sair dali, mas algo o puxava para dentro do portal. Os homens acabaram sendo absorvidos pela luz e, como o chefe, também agonizavam de dor.

Bel aproveitou que os capangas que a vigiavam se distraíram com aquela tensão e veio até mim. Presenciávamos o fim lento e doloroso de Deon. Não havia nada que pudéssemos fazer. Fechei os olhos até não escutar mais os gritos desesperados dos três.

— O Joel deve estar lá dentro! — disse Bel.

— Está maluca? — duvidei. — Você viu a mesma coisa que eu vi?

— Eu vou entrar!

É claro que ela ia. Estava determinada, e eu não conseguia entender como essa possibilidade passava pela cabeça de alguém que tinha acabado de presenciar tudo aquilo.

— Você quer se matar? — perguntei, indignado. — Nem a pau que você vai entrar naquela coisa!

— Calma… — disse ela, agora mais ponderada. — O portal só abriu por sua causa, Oliver. Você é especial!

Ela parecia convicta. Eu já não tinha tanta certeza daquilo…

— Bel, eu não quero morrer — confessei, com a voz estremecida. — Sou o menino mais desastrado que você já conheceu, lembra?

— Oliver, você precisa ver se o Joel está lá dentro — ela insistiu. — Por favor... você tem que fazer alguma coisa!

Naquela hora, preferi não pensar muito. Fechei os punhos. Estava decidido: não seria covarde como o meu pai.

Caminhei em direção ao portal. Parecia que tudo estava em *slow motion*, tipo quando você quer ver a jogada em câmera lenta no video game. Coloquei o dedo mindinho no feixe de luz, que agora estava azul de novo. Esperei que algo acontecesse. Se começasse a queimar, quem sabe daria tempo de sair? Acho que um mindinho não faria falta...

Fechei os olhos, esperando pelo pior. Minha respiração ficou pesada, mas nada acontecia. Então, fui colocando os outros dedos lentamente, um por um. Entrava devagar, passando cada membro do corpo para o outro lado do portal. Olhei para Bel uma última vez, antes de entrar completamente.

O portal atrás de mim se fechou. Fiquei atordoado, a luz ainda me ofuscava. Quando a claridade diminuiu, pude notar o que havia ao redor. Eu parecia flutuar em ondas de energia... A primeira coisa que fiz foi me apalpar da cabeça aos pés pra ter certeza de que estava inteirinho. Não queria acabar como Deon. Mas todas as partes de Oliver Júnior continuavam comigo.

Fiquei surpreso quando toda aquela energia se transformou e vi... grama. Isso mesmo, grama! Eu estava em um lugar que parecia um campo. Por um momento, achei que estivesse no quintal da casa dos meus avós, mas não havia nada perto, nem mesmo árvores. Só o campo vasto.

Senti que estava dentro de algo inimaginável. Uma coisa tão grande que até hoje não sei explicar. Uma sensação de paz e tranquilidade invadiu meu corpo e as dores simplesmente sumiram. Será que eu tinha morrido?

— Seja bem-vindo a El Dorado — ecoou uma voz, que me fez pular de susto.

Eu me virei para a direção da voz e me deparei com o dono dela. Vestia roupas claras, em tons de bege. O cabelo era liso e branco, tão branco quanto a neve. Tinha um sorriso memorável.

— Joel? — conferi, chocado com o fato de que ainda estava vivo.

— É muito bom vê-lo aqui, Oliver Júnior. Permita-me... — concluiu, passando as mãos sobre os meus olhos.

Senti uma brisa. Foi então que o campo desapareceu e vi a cidade de El Dorado.

11

Entramos em um barquinho e navegamos por alguns minutos em águas calmas. A cidade parecia flutuar sobre o rio. Dava para ver ao longe grandes estruturas feitas de ouro, com desenhos e esculturas parecidos com os da pirâmide. As grandes colunas adornadas na entrada da cidade me fizeram parar pra contemplar. Era tanto detalhe... Joel até deu uma risada diante da minha incredulidade. Eu o olhei sem entender: aquilo era incrível, como ele não se surpreendia mais?

Aportamos o barco e logo um portão dourado e enorme se abriu à nossa frente. Ali estava a lendária El Dorado com paredões, prédios e estruturas triangulares, tudo enorme. Bem no meio daqueles monumentos, ficava uma pirâmide gigantesca que parecia ser o prédio principal. O ouro nas paredes e esculturas tinha um brilho diferente. Parecia o sol, mas não machucava os olhos.

— Tudo aqui é feito de ouro? — perguntei, observando ao meu redor.

A cidade era moderna, mas ao mesmo tempo tinha algo de antigo. Prédios modernos ostentavam grandes vitrais.

Joel me observava, sorridente.

— Não é ouro — esclareceu. — É algo ainda mais precioso... Energia, Oliver!

Então, ele passou os dedos pela parede do edifício e todos os prédios sumiram por alguns instantes. Quando Joel tirou a mão, reapareceram de forma mágica. Eu precisava lidar com uma coisa de cada vez.

— Energia? — perguntei. — Como assim?

— Vem de lá de cima — disse, apontando para o céu.

Olhei em volta e percebi aquilo que pulsava ao redor de tudo: El Dorado estava envolta por uma grande cúpula de energia dourada. Notei que só eu e Joel estávamos ali... Fiquei intrigado.

— E essa energia toda faz o quê? — questionei, ciente de que, quanto mais ele respondesse, mais dúvidas surgiriam.

— Muitos se enganaram ao tratar El Dorado como uma cidade do plano material, rica em ouro e pedras preciosas — prosseguiu, interrompendo a caminhada para garantir a ênfase necessária ao que dizia. — Esse lugar é mais valioso que todo o ouro do mundo. El Dorado é o coração da Floresta Amazônica, Oliver. A floresta é o verdadeiro tesouro. Mas quase ninguém vê...

Retomamos a caminhada.

— Cadê as pessoas? — estranhei.

— Estão na convenção esperando por você — ele respondeu. — Na verdade, Oliver, você é nosso novo protetor! — acrescentou, com um sorriso largo. — Venha comigo!

Espera aí!, pensei. *Como assim?* Não sabia como exatamente eu me encaixava naquilo tudo.

Parei de andar, atônito.

— Protetor? — perguntei, agora em voz alta.

— Explico assim que chegarmos ao salão central — garantiu, conduzindo-me em direção à pirâmide gigantesca. De sua extremidade, saía rumo ao céu um feixe de luz dourada pulsante. Sua estrutura parecia com a maior pirâmide do complexo de Gizé, no Egito, que eu tinha visto pela internet.

Entramos na construção e percebi sua engenharia complexa, além da exuberância dos materiais: pisos brilhantes e lustrados, o teto cravado de luzes, um grande balcão de mármore branco e um hall com vários portais. Tudo muito limpo. Entramos por um desses portais. Joel não apertou nenhum botão. Na verdade, não parecia haver nada desse tipo ali. Senti uma leve puxada gravitacional e, de repente, o portal estava aberto e Joel, do outro lado.

— Bem-vindo ao salão central — disse ele, indicando que eu também entrasse na sala.

Tudo naquele ambiente também era dourado, mas uma coisa chamava a atenção, uma máquina enorme no centro da sala. Parecia com aqueles tubos de ressonância, só que muito maior.

— Essa é a máquina curadora — explicou Joel. — Nosso povo nunca fica doente e isso se deve, em grande parte, a essa máquina.

Como uma máquina poderia evitar que alguém ficasse doente? Só podia ser uma tecnologia muito avançada.

— A energia canalizada pela máquina aumenta a imunidade do corpo humano para 100%. Isso nos torna imortais — garantiu.

— Imortais, caramba! — reagi, boquiaberto.

— Você também pode se tornar imortal, Oliver. E ainda governar El Dorado, protegendo a floresta daqui.

— Eu? — perguntei, meio atordoado. — Mas sou só um adolescente, não governo nem a bagunça do meu quarto...

— Você é filho do filho da energia — disse, como se explicasse alguma coisa.

— Não... Meu pai é só uma pessoa complicada mesmo!

Balancei freneticamente a cabeça. Eu não estava preparado pra ouvir aquilo.

— Seu pai nasceu de uma experiência feita por gente do mal. Eles descobriram a entrada para El Dorado e, depois de muitas tentativas frustradas de acessar a cidade, resolveram criar um ser humano especial, com dons especiais.

Minha vontade nessa hora era sair correndo dali, mas não tinha certeza se conseguiria ultrapassar o portal vivo. Joel parecia perceber a minha inquietação.

— Isso tudo é meio difícil de acreditar — eu disse finalmente, coçando a cabeça. — É mais fácil acreditar que morri — arrematei, mesmo porque estava quase convencido disso mesmo.

— Estamos aqui para te ajudar a entender os seus dons, Oliver — disse, num tom compreensivo.

— Não era meu pai quem tinha dons? — perguntei, com a sensação de que já não sabia mais de nada.

— Você herdou muitos dons dele, só ainda não os descobriu. Estamos aqui para te treinar. Você vai ser o melhor protetor da floresta! Só tem um porém...

Estava bom demais pra ser verdade.

— Qual, Joel? — perguntei, pensando que mal tinha processado a primeira informação e já havia condições.

— Se você aceitar terá que viver aqui para sempre.

— Espera aí, para sempre? — Dei um passo pra trás. Isso significava que não poderia mais ver ninguém? Minha mãe, a Bel, meus companheiros de jogos e até o meu pai?

— Joel, agradeço o convite, mas, se eu ficar, não vou achar minha mãe, e ela precisa de mim. Preciso ir — expliquei. — Ah, e a Bel está sozinha lá fora, preocupada com você... — concluí, dando mais alguns passos para trás.

— Você tem certeza disso, Oliver? — perguntou Joel, que ficou sério de repente.

Respirei fundo e tomei coragem pra dizer o que precisava.

— Joel, a Bel está sentindo a sua falta... Você escolheu ficar aqui pra sempre? Como pode fazer isso com ela?

— Não tive escolha, Oliver. Quando caí naquele buraco, achei que ia morrer. E, de certa maneira, morri mesmo. Mas meu espírito foi escolhido pelos superiores como o protetor temporário da floresta. É por isso que estou aqui.

— Do que adianta ser imortal e ver todos que você ama morrer? — questionei. — Ou pior, não vê-los nunca mais? Eu quero ir embora — afirmei convicto.

— Você é mais parecido com o seu pai do que imaginávamos — disse Joel, sorrindo de leve.

— O seu pai tomou a mesma decisão quando esteve aqui, Oliver.

— Ele esteve aqui?

— Sim! E escolheu voltar para proteger vocês...

— Ele sumiu, Joel. Virou um fantasma! Nunca me protegeu de nada...

— Seu pai sabia que ficar por perto significava colocar vocês em perigo. Por isso, ele se manteve distante, mas nunca ausente.

Eu não tinha tempo para aquela conversa.

— Quero sair daqui, Joel. Tenho que encontrar a minha mãe... Você pode me ajudar?

— Bom, a única certeza que tenho é a de que ela não está mais na floresta, Oliver — disse ele, antes de respirar e olhar bem no fundo os meus olhos. — Avisa para a Bel que eu sempre estarei com ela.

Joel olhou para uma espécie de relógio no pulso.

— Bem na hora! — disse.

Ele voltou a passar as mãos sobre os meus olhos e um vento forte me arrastou pra fora do portal. De repente, eu me via de novo no ponto de origem. Bel lutava com os capangas do Deon. Estava toda machucada, mas não desistia. Um deles a segurou pelo braço e a jogou no chão. Bel me viu. Pegou uma pedra e arremessou em direção aos homens.

— Corre! — gritou ela, vindo na minha direção.

Sem pensar, eu a acompanhei. Afinal, não era a primeira vez que eu fugia assim da pirâmide. Os homens estavam atrás de nós e precisávamos descer o mais rápido possível, sem cair. Um filme passou pela minha cabeça e me lembrei do tombo que tomei ali, mas agora não sentia aquele frio na barriga. Estava mais forte e determinado.

Conseguimos descer a escadaria e nos enfiamos no meio das árvores. Corremos até descer a muralha. Ouvíamos seus passos e gritos e nos escondemos atrás de um tronco grosso. Foi quando vimos dois homens serem atacados por um lobo raivoso. Sem me ater ao que estava acontecendo, gritei:

— O Luíde está vivo!

Os dois entraram correndo na floresta e o Luíde foi atrás. Ouvimos alguns gemidos e, depois, o silêncio.

Mais uma vez aquele danado nos salvou. Esperamos um pouco até termos certeza de que os capangas não estavam mais por ali e corremos na direção oposta.

Percebi que a floresta voltava a ter vida. Já dava pra ver sinais de verde surgindo por debaixo de galhos secos e folhas mortas. Logo avistamos as margens do rio Gurupi. Chegando lá, sentamos na areia, ofegantes.

— E aí? — perguntou Bel. — Me conta! Você viu o Joel, Oliver? Conta! — insistiu, ansiosa, antes que eu conseguisse responder.

— Sim, Bel, ele está bem! Cheio de energia. Mas ele... — hesitei, desviando o olhar.

— Eu sabia! Eu sabia! — comemorava ela, abraçando-me forte.

— Bel, eu tenho que te contar uma coisa... — interrompi, triste por cortar o clima.

— Contar o quê, Oliver?

— Ele foi escolhido pra ser o guardião temporário da floresta e...

— E o quê, Oliver? Fala! — insistiu, aflita.

— Ele não pode sair de lá... — disse, percebendo que soava meio maluco. — Bel, você vai ter que confiar em mim, tá? O Joel está bem, mas não pode sair de onde está. Ele pediu pra eu te dizer que ele sempre estará ao seu lado, que sempre vai te proteger.

— Então eu estou sozinha — concluiu, tristonha.

— Eu estou com você, Bel — disse, sentando-me mais perto dela na areia.

Sem saber o que falar, ficamos calados por um bom tempo. Nunca imaginei que pudesse vivenciar, mesmo que por tão pouco tempo, algo tão complexo e grandioso como o que vivia naquele dia. Parecia que o mundo real dependia do equilíbrio da dimensão espiritual. Será que eu estava sonhando ou tudo aquilo realmente tinha acontecido? Sentia que eu parecia um louco ao contar aquelas coisas para a Bel, mas ela bem que me disse que a Floresta Amazônica guardava segredos inimagináveis. Por um momento, me senti mais leve. A paz voltava a reinar na floresta. Só faltava voltar a reinar no meu coração. Precisava encontrar minha mãe.

Olhei pro rio e avistei uma coisa metálica flutuando.

— Bel, o que é aquilo? — perguntei, apontando pro meio do rio.

Ela se levantou e entrou na água, se aproximando pra ver melhor, já que o objeto estava numa parte mais profunda.

— Meu Deus! — surpreendeu-se. — Oliver, você não vai acreditar no que é!

Entrei no rio e corri até a Bel. Quando percebi o que era, sorri. Sempre quis ver um submarino de perto! A porta redonda estava voltada pra cima, a dois palmos na superfície. Não pensei duas vezes e fiz força para abri-la. Estava um pouco emperrada, mas cedeu.

— Oliver, não! — gritou Bel.

— Precisamos ver o que é — falei, com naturalidade.

Eu me senti corajoso, porque, até então, era a Bel quem tomava a frente nessas coisas. Entrei pelo tubo redondo. O cheiro de mofo me fez espirrar. Não enxergava nada...

— Bel, vem! — gritei, ao perceber que era seguro ali.

Demorou alguns minutos pra que eu sentisse o impacto do metal vibrando pela entrada de Bel no submarino.

— Nossa! Esse lugar fede a coisa velha! — reclamou.

Sentimos outra vibração, e as luzes e um painel cheio de botões se acenderam.

Havia uma grande mesa equipada com os controles do submarino, um pequeno compartimento com duas camas minúsculas e uma espécie de mapa na parede. Nele, estava retratado o rio em que estávamos até o desaguamento no mar. Um pouco acima no mapa, havia um triângulo circulado de vermelho. Forcei a vista pra ler, a letra era um pouco tremida. Não acreditei no que estava escrito:

— Triângulo das Bermudas?!

— Oliver, acho que isso é do seu pai — disse Bel, com um caderno nas mãos.

Notei que era o mesmo que minha mãe havia me dado no carro a caminho da fazenda. A chave estava encaixada no cadeado. Alguém devia tê-lo deixado ali para que eu abrisse. Li a primeira página:

Oi, filho. Este é meu diário. Aqui explicarei tudo, tudo pelo que venho passando desde que nasci. Não se preocupe, esse caderno vai te ajudar em sua jornada. Com amor, Oliver.

Li para a Bel. De repente, ouvimos o barulho da porta sendo trancada. Corri até a janelinha redonda do submarino e, através do vidro, percebi uma figura conhecida na beira do rio. Cerrei os olhos para enxergar melhor. Era ele.

— Pai?! — gritei, em vão.

— Seu pai nos trancou aqui? — desesperou-se Bel.

Foi então que ouvimos o barulho do motor.

O submarino começou a se mover com a gente dentro. Bel olhou pra mim surpresa e assustada. Fui até o painel e li o que estava escrito, mas não pude acreditar: o nosso próximo destino era o Triângulo das Bermudas. No desespero, olhei ao redor e percebi que havia mantimentos e água pra uma longa viagem. O que meu pai queria que eu encontrasse lá? Será que isso me ajudaria a encontrar a minha mãe?

Odiava quando ele aparecia e sumia ao longo da minha infância. Por que fazia isso novamente? Quando mais precisei, ele não fez nada. Quase morri várias vezes durante essa viagem, e, quando parecia que as coisas estavam bem, ele resolveu nos trancar naquele troço metálico?!

— Oliver, o que faremos? — perguntava Bel, apertando os botões do painel aleatoriamente. — Como se para essa coisa?

— Precisamos descobrir — respondi, pegando o diário.

O submarino se movia devagarinho. Voltei pra janela e notei que ele ainda estava no horizonte, com um cachorro ao lado. Não era um cachorro! Era o Luíde.

Por um momento, respirei aliviado por saber que o lobinho-guará estava bem. Mas logo recobrei o desespero anterior. Estávamos trancados em um submarino em movimento sem poder fazer nada.

— Ela também é especial, Oliver — ecoou a voz do meu pai dentro da minha cabeça, pelo que parecia.

— Como assim? A Bel? — reagi.

— Com quem você tá falando, Oliver? — perguntou ela, confusa.

— Não sei — respondi. — Parece quê... — hesitei. —Acho que meu pai tá falando direto na minha cabeça!

— Pai, como conseguiu entrar na minha mente? — perguntei, em voz alta.

— Oliver, você precisa lidar com isso agora. Seu dever é proteger a sua irmã e salvar a sua mãe.

— Como assim, irmã? Como isso é possível? — perguntei, só em pensamento desta vez. Não queria que a Bel ouvisse essa parte.

— Seja forte como ela, filho — prosseguiu meu pai.

— E nunca se esqueça: estarei sempre com vocês.

Voltei pra janelinha e os dois ainda estavam na praia. O submarino afundou gradativamente e a imagem do meu pai com o Luíde foi desaparecendo.

— Oliver, pelo amor de Deus! — disse Bel, aflita. — Me diz que você não ficou maluco...

— Acho que vamos enfrentar mais coisas juntos, Bel — respondi. — Sinto que isso tudo foi só o começo...

Este livro foi composto em Fairfield LH 45 e impresso pela
Intergraf para a Editora Planeta do Brasil
em novembro de 2017.